시내는 강으로
강은 강으로
바다로

시내는 강으로
강은
바다로

2006년 1월 10일 초판 1쇄 인쇄
2006년 1월 15일 초판 1쇄 발행

지은이 스콧 오델
옮긴이 노윤승
디자인 미르
펴낸이 김성진
펴낸곳 도서출판 숲속나라
출판등록 2000년 3월 14일 제 1-2653호
주 소 120-809 서울시 서대문구 대현동 110-20 현대캠퍼빌 1202호
전 화 (02) 363-4245
글전송 (02) 363-4247
전자우편 adongri@hanmail.net

Streams to the River, River to the Sea

ISBN 89-90422-04-3 43840

＊ 책값은 뒤표지에 있습니다.

시내는 강으로 강은 바다로

스콧 오델 지음 | 노윤승 옮김

숲속나라

작가의 글

루이스와 클라크가 세인트루이스에서 미주리 강과 컬럼비아 강을 거쳐 태평양까지 탐험한 가치를, 이 이야기를 말하는 사카가와는 몰랐으나 우리는 이것을 알 필요가 있다.

1801년, 미국 대통령 토머스 제퍼슨은 여러 가지 커다란 문제에 맞닥뜨려 있었다. 그 중 제퍼슨이 가장 걱정했던 것은 미국이 적과 거짓 친구들로 둘러싸여 있다는 것이었다.

프랑스는 루이지애나를 소유했고, 스페인은 플로리다와 남서부 지방의 큰 땅을 차지했으면서도 더 많은 땅을 원했다. 캐나다 지역을 차지하고 있던 영국은 종종 루이지애나에 탐욕스러운 눈길을 던지곤 했다. 영국은 루이지애나를 차지하게 되면 미시시피 강을 다니는 배들을 통제하며 세금을 걷을 수 있을 것이라고 생각했던 것이다. 제퍼슨은 어떻게 하면 이 난국을 헤쳐 나갈 수 있을 것인지를 생각했다. 영국과 피비린내 나는 전쟁을 치르고 난 미국은 힘없는 약소국이었다. 제퍼슨은 또 다른 전쟁을 시작하고 싶지 않았다. 제퍼슨은 몇 달 동안 고민했지만 자신의 생각을 다른 사람들과 나누지 않았다.

마침내 제퍼슨은 좋은 생각이 떠올랐다. 대통령 자신이 의회에 요청해 루이지애나를 프랑스로부터 사는 것이었다. 그러는 한편 조용하고 신중하게 또 의심을 불러일으키지 않도록, 젊은 모험가들을 모아 백인이 가 보지 않은 불모의 땅 북서부를 탐험케 하고자 하였다.

프랑스는 돈이 없었다. 나폴레옹은 유럽을 통째로 삼켰지만, 나라는 빈곤에 허덕였다. 프랑스는 루이지애나를 1,500만 달러라는 얼마 안 되는 돈에 기꺼이 팔았다. 루이지애나가 당시 미국 땅 전체보다 더 컸다는 것을 생각해 보면 그건 정말 얼마 안 되는 금액이었다.

제퍼슨은 탐험대를 구성했는데, 모두가 미국 군대 출신이었다. 제퍼슨은 탐험대를 이끌 두 사람을 뽑았다. 한 사람은 메리웨더 루이스라는 29살의 젊은이였다. 루이스는 동물과 새, 땅과 먹구름과 굽이치는 강에 열정을 가진 사람이었다. 다른 젊은이 윌리엄 클라크는 33살이었고, 낙천적인 사람이었다. 클라크는 자신이 살아 있는 것이 다행이라고 생각할 만큼 어려운 고비를 여러 차례 넘겼다.

사카가와는 로키 산맥의 고지대에서 살았던 인디언 유목 부족인 소손족이다. 사카가와는 루이스와 클라크를 따라 걷고, 말 타고, 카누를 타면서 6,500km를 탐험했는데, 이 탐험은 용기 있고 위험한 도전으로 역사에 기록되었다.

이 소손족 소녀에 대한 이야기들이 많이 있다. 탐험대장 클라크는 소녀를 사랑했고, '제니'라고 불렀다. 긴 탐험이 끝난 후, 소녀는 서부 산악 지역을 돌아다녔던 것 같다. 소녀는 두 아들을 낳았고, 약 80살까지 살다가 와이오밍 주 윈드 리버 밸리에 묻혔다.

이 사카가와 이야기를 쓰는 데는 버나드 드보토가 편집한 〈루이스와 클라크의 탐험 일지〉와 존 바클리스가 쓴 〈루이스와 클라크, 발견의 동반자〉가 큰 도움이 되었다.

차례

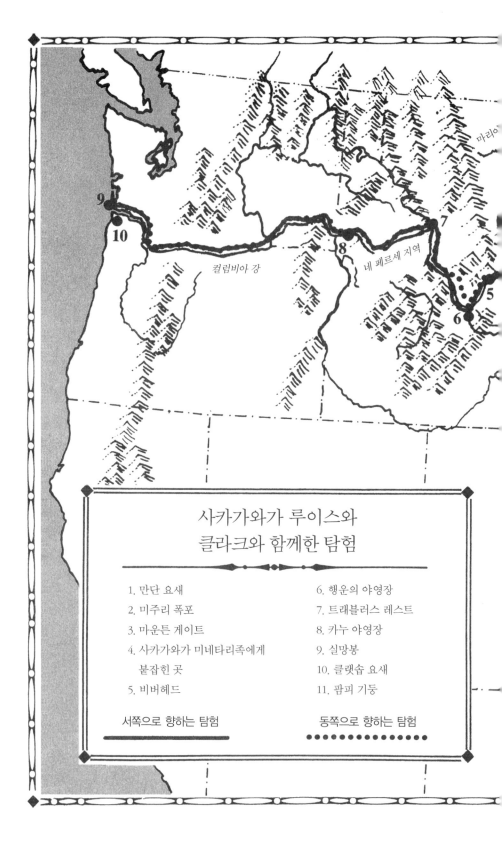

마리O

컬럼비아 강

네 페르세 지역

사카가와가 루이스와 클라크와 함께한 탐험

서쪽으로 향하는 탐험

동쪽으로 향하는 탐험

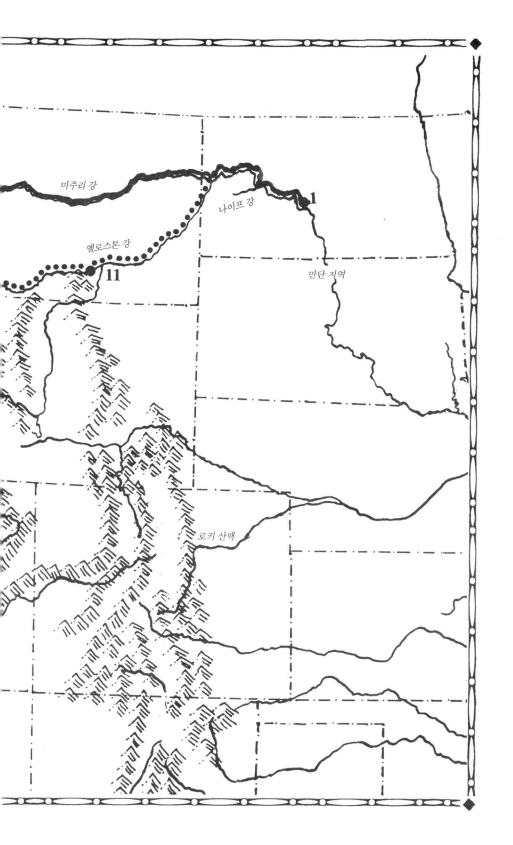

미주리 강

나이프 강

1

엘로스톤 강

11

만단 지역

로키 산맥

1장

쑥대밭이 된 마을

우리는 세 줄기 큰 강이 만나는 곳 위쪽 시냇가에서 검은딸기를 따고 있었다. 여름이 거의 지났지만 깊은 수풀 속에는 아직도 달콤한 딸기가 이따금 눈에 띄었다. 이 딸기는 곰과 사슴조차도 발견하지 못한 것이었다.

땅거미가 내리고 있었다. 이른 새벽 시냇가에 온 우리는 둘 다 몹시 지쳐서 거의 말도 하지 못할 지경이었다.

사촌 동생 '러닝 디어(Running Deer, 뛰는 사슴)'가 물었다.

"저기 강둑에 있는 큰 나무에서 다람쥐들이 재잘대는 소리 들어본 적 있어? 저 미루나무 말고 그 옆에 있는 큰 나무에서 말이야."

"그럼, 해 진 뒤에는 더 잘 들려."

"지금 그 소리가 들려?"

나는 손에 쥔 검은딸기를 바구니에 넣은 뒤에 들어보았다.

"아무 소리도 안 들려."

"다람쥐에겐 틀림없이 무슨 소리가 들릴 거야."

러닝 디어는 불안했다. 러닝 디어는 항상 불안에 떨었다. 폭풍이 불거나 날이 어두워지면 불 옆에 있어야 안심을 했다.

"다람쥐들은 많은 소리를 들어?"

"다람쥐들은 우리보다 더 잘 들어. 그리고 우리보다 더 많은 것을 듣지. 때론 들을 필요가 없는 것까지도."

나는 차분하게 러닝 디어에게 말했다.

"돌아갈 때가 되지 않았어?"

"조금만 더 따면 바구니를 채울 수 있어. 바구니를 반도 못 채우면 게으르다고 할 거야."

나는 무릎을 꿇고 부지런히 검은딸기를 땄다. 러닝 디어는 도와주지 않았다. 다람쥐들이 다시 재잘거리기 시작하였고, 러닝 디어는 그 소리를 듣고 있었다.

갑자기 다람쥐들이 조용해졌다. 초원은 이제 매우 고요했다. 단지 윙윙거리는 모깃소리와 시내 아래쪽에서 개 짖는 소리만 들릴 뿐이었다. 반대쪽 아주 가까운 곳에서 다른 소리가 났다.

늑대 한 마리가 목청을 높여 울부짖는 소리였다.

러닝 디어가 말했다.

"늑대들이야. 아주 많아."

"한 마리야. 한 마리가 여러 마리처럼 소리 낼 수 있어."

집으로 돌아오는 길에는 버찌가 주렁주렁 열렸는데, 배고픈 곰이 보면 좋아할 만한 곳이었다.

우리는 시내 가운데에 있는 섬에 있었다. 주변 땅은 평평했고 시냇물은 두 줄기로 갈라졌다. 섬은 바람에 살랑거리는 미루나무들로 뒤덮여 있어서, 그 사이로 걸으면 다른 사람들 눈에 띄지 않았다. 그래서 말 탄 사람들이 우리를 보지 못했다.

그들은 북쪽에서 왔다. 시내 오른쪽 줄기를 따라 아래로 내려와 섬 끝자락까지 왔다. 두 남자는 말없이 점박이 말을 타고 있었다.

사촌 동생이 나지막이 물었다.

"저 사람들 누구야?"

"미네타리족이야."

미네타리족은 점박이 말을 타고 멀리까지 돌아다녔다. 오랜 세월 동안 사냥을 하면서 이웃 부족을 약탈하고, 남자들은 죽이고 여자들과 아이들은 잡아갔다. 그들은 우리가 증오하는 적이었다.

까치 한 쌍이 시내 건너편으로 푸드덕거리며 날아갔다. 그 남자들은 멈춰서 하늘을 바라보다가 나무 위로 솟는 연기를 보았다. 그 중 한 명은 매우 키가 컸고 머리를 짧게 깎았다. 그것은 죽은 사람을 애도하고 있다는 표시였다.

나는 검은딸기 바구니를 떨어뜨렸다.

"어서 따라와. 다른 길로 집에 가야 해."

러닝 디어가 무언가를 말하려고 하였다. 나는 얼른 손으로 러닝 디어의 입을 막았다.

전에도 말 탄 사람들을 본 적이 있었다. 그때는 둘이 넘었다. 미네타리족은 결코 두 명이 습격을 감행하지 않았다. 항상 무리를 지어 살금살금 다가와서, 우리가 저녁 먹을 시간에 공격하였다. 그들은 전에도 우리를 습격한 적이 있었다. 한 번은 내가 세 살 때, 또 한 번은 일곱 살 때였다. 그 두 번의 습격에서 우리 쪽 남자들을 수없이 죽였고, 젊은 여자 여덟 명과 그 두 배나 되는 아이들을 잡아갔다.

"서둘러, 조용히 와. 그리고 아무 말도 하지 마."

우리는 시내 한가운데로 걸어나갔다. 우리 마을은 멀리 섬 끝에 있었다. 마을 사람들이 높은 나무에서 피우는 불을 볼 수 있었다. 마을 개들이 모두 짖어 댔다. 그것은 우리 마을 사람들에게 위험을 알리는 경고였다.

"뛰어. 저 나무들 아래 얕은 곳으로 달려. 거기는 발을 딛기가 좋아."

이때 바람에 나무가 쪼개지는 듯한 날카로운 소리가 들렸다. 그리고 또 한 번, 또 한 번, 모두 세 번 들렸다. 그것은 총소리였다. 이 무기는 연기와 불꽃을 내뿜었는데, 미네타리족이 백인 상인들로부터 사들인 것이었다.

나는 러닝 디어를 앞질렀다.

"넌 여기에 있어. 움직이지 말고 아무 소리도 내지 마."

나는 얕은 물에서 빨리 달렸다. 하지만 시냇물이 굽어진 곳에서 갑자기 물이 깊어지자 발을 움직이기가 힘들었다.

몇 번 더 탕탕거리는 총소리가 나더니 아주 조용해졌다. 하지만 그 고요함이 그리 오래가지는 않았다. 여름풀들은 확확 타올랐고, 나무들도 불타기 시작했다. 한 여인이 지르는 비명이 들렸다.

나무들이 타는 불빛이 시냇물 위로 멀리 비쳤다. 밤이 일찍 찾아왔지만 마을 사람들이 섬을 떠나 북쪽으로 끌려가는 것을 볼 수 있었다. 그들 바로 뒤에는 점박이 말을 탄 미네타리 무리가 가고 있었다.

모래톱으로 간신히 가서 차가운 모래 위에 납작하게 누웠다. 하늘에는 아직도 연기를 피우는 불꽃이 있었지만 내가 누운 곳은 어두웠다. 몇몇 미네타리들이 마을에서 나왔다. 그들은 근처에 있던 말 떼를 몰고 가면서 미네타리 말로, "아그! 아이, 아이, 아이." 하고 소리쳤다. 그것은 자신들의 승리를 뽐내는 말이었다.

나는 조심스럽게 일어나 섬 마을 쪽으로 다가갔다. 마을은 온통 불바다였다. 풀밭도, 나무들도 불타고 있었다. 주검들이 여기저기 널려 있었고, 처참한 주검들 속에서 어머니 모습이 보였다. 내가 비명을 질렀을 때, 키 큰 미네타리족 하나가 미루나무 쪽에서 나왔다. 그놈이 탄 말 뒤에는 러닝 디어가 매달려 있었다. 그놈이 내 목에 올가미를 던졌다. 올가미는 어둠이 짙어질 때까지 내 목을 졸랐다.

2장

탈출의 꿈

우리는 북쪽에서 빛나는 별을 따라 밤새도록 말을 타고 갔다. 그 별은 조금도 움직이지 않았다. 나는 배를 납작하게 깔고 말 등에 동여매어 있었다. 두 손은 튼튼한 가죽끈으로 말 목에 묶여 있었다.

나는 길게 늘어서서 끌려가는 말들과 포로로 잡힌 여자들 행렬의 맨 끝에 있었다. 나를 잡은 키 큰 놈은 내 앞에서 말을 타고 가고 있었다. 그놈은 말을 한 마디도 하지 않았다. 그놈이 몇 번이나 조는 듯할 때마다 말을 끌고 대열을 빠져나와 숲 속에 숨어서 묶인 줄을 풀어 버릴 생각을 했다. 그러다 실패하면 어쩌나? 며칠 동안 헤매다가 목말라 죽거나 뼈만 앙상한 말 등에 해골로

남으면 어쩌나? 하는 생각이 들었다. 또 러닝 디어는 어떻게 되지? 내가 탈출하거나 죽으면 러닝 디어는 어찌 될까?

탈출을 한다는 생각만 해도 끔찍한 일이었다. 그래서 그 생각을 접어 두었다. 지금쯤 아버지와 두 오빠는 며칠 동안 들소 사냥을 하고 분명히 집으로 돌아왔을 것이다. 그들은 불타 버린 마을과 불탄 풀밭에 나뒹구는 주검들을 발견했을 것이고 우리를 구하러 오고 있을 것이다.

새벽이 가까워지자 포로 행렬은 밤새 걸어온 시냇가 아래쪽에서 멈추었다. 나를 붙잡은 놈이 줄을 풀어주며 다시는 물을 볼 수 없을 테니 물을 마시라고 했다.

우리는 여전히 낮은 산 속에 있었고 매우 쌀쌀했다. 시냇물이 딱딱한 얼음 밑에서 흐르고 있었다. 나는 얼음에 구멍을 뚫어 물을 마시고 얼굴을 씻었다.

시내를 떠날 즈음 날이 밝아 왔다. 날이 환해지자 처음으로 미네타리족을 똑똑히 볼 수 있었다. 아버지보다 나이가 든 그놈은 키가 크고 깡마른 체격이었다. 머리는 작고 멜론처럼 둥글었는데, 두 어깨 위에 웅크리고 있는 듯했다.

그놈이 줄을 집어들어 나를 묶고는 제 가슴을 가리키며 '톨 락(Tall Rock, 큰 바위)'이라고 했는데, 제 이름을 말하는 것 같았다. 그리고 나서도 그놈은 몇 마디를 더 했다. 내가 못 알아듣는 것을 알자, 두 손으로 어떤 모습을 그리며 두 눈을 굴렸다.

톨 락이 나를 말 등에 들어올리려 몸을 숙였을 때, 허리춤에 무엇인가 매달려 있는 것이 보였다. 여자의 머리 가죽이었다. 그 머리털은 길게 땋은 검은색이었고, 땋은 머리 사이에 작은 족제비 흰 털이 있었다. 그것은 바로 어머니 머리털이었다. 그것이 이놈 허리에 매달려 있는 것이었다.

순간 비명이 목구멍까지 올라왔다. 험한 말들이 입가에 맴돌았다. 하지만 아무 말도 할 수 없었다. 파 놓은 얼음 구멍으로 가만히 걸어가서 다시 손을 씻고 큰 돌멩이 하나를 슬며시 집어들었다.

그 미네타리 놈은 말 옆에 서서 중얼거리고 있었다. 그놈이 나를 다시 들어올릴 때 숨겨 논 돌로 온 힘을 다해 머리를 내리쳤다. 그놈은 비틀거리다가 무릎을 꿇었다. 나는 달려가 더 큰 돌을 찾았다. 하지만 시내에 이르자마자 그놈이 뒤에서 세차게 밀어서 얼음을 깨며 물속에 빠지고 말았다.

얼마 뒤 내 몸은 뻣뻣이 얼어붙었다. 그놈이 내 머리채를 잡고 모래밭을 지나 풀밭으로 끌고 가더니 말 등에 던지고 다시 묶었다. 이번에는 더욱 단단히 묶었다. 그리고는 내 뺨을 세차게 한 번 후려쳤다.

우리는 폭우 속에서 어둠이 내릴 때까지 쉬지 않고 이동하였다. 내가 줄에서 잠시 풀려 있을 때 러닝 디어가 찾아왔다. 머리를 짧게 자른 험상궂은 미네타리 젊은 놈이 조금 떨어져 뒤쪽에 서 있었다. 러닝 디어는 내가 잡혀온 것을 보고 무척 놀랐다.

러닝 디어가 나직이 말했다.

"잘 달리는 말이 있어. 우리가 기르던 말이야. 오늘 밤 저놈들이 보지 않을 때 훔칠 수 있어."

"우리는 길을 몰라. 그리고 비가 와서 말들이 남긴 발자국이 모두 쓸려 갔어. 우리는 아침이 되기 전에 길을 잃을 거야."

"그래서 아무도 보지 않을 때마다 나뭇가지를 꺾어서 길을 따라 떨어뜨려 놓았어."

"어두워서 나뭇가지들을 찾을 수 없어."

"하지만 내일 낮에는 그 가지들을 볼 수 있어."

"그래, 내일은 볼 수 있을 거야."

나는 러닝 디어에게 이 행렬 속에 우리 부족 사람들이 몇 명 있느냐고 물었다.

"대여섯 명인 것 같아. 여자와 아이 들이야."

톨 락이 다가와 우리들 앞에 서서 우리가 왔던 길을 가리켰다. 그리고는 손가락 하나로 자기 목을 재빨리 가로질렀다. 러닝 디어와 나는 겁에 질려 차마 아무 말도 할 수 없었다.

다음 날 천둥소리가 요란하고 번개가 하늘을 갈라놓을 때, 우리 부족인 '리틀 팍스 도터(Little Fox's Daughter, 작은 여우의 딸)'라는 여자가 행렬을 벗어나 달아났다. 하지만 얼마 되지 않아 그 여자는 미네타리들에게 다시 붙잡혔다. 외마디 비명이 들렸다. 그리고는 아무 소리도 들리지 않았다.

러닝 디어와 나는 다시는 탈출 이야기를 꺼내지 않았다. 하지만 러닝 디어는 우리 부족들이 볼 수 있도록 계속 나뭇가지를 꺾어서 길에 떨어뜨려 놓았다. 나는 끊임없이 길 방향을 살폈다. 이제는 움직이지 않는 별 쪽으로 가지 않고 해 뜨는 쪽으로 가고 있었다.

새 달이 천천히 서쪽으로 기울어 갔다. 우리는 미주리 강에 도착하였다. 그런데도 아버지와 두 오빠는 우리를 구하러 오지 않았다.

이 날 아침에 우리는 처음으로 강을 보았다. 미네타리족은 얼굴에 특이한 칠을 하였고 가슴에 위아래로 줄무늬를 그려 놓았다. 우리가 강에 도착하자 그들은 미친 악마처럼 소리를 질러 댔다.

"아이이, 아이이, 아이이!"

그들은 지친 말들에게 박차를 가하며 소리쳤다.

우리가 마을에 들어서자 한 노인이 비틀거리며 나와서 우리를 맞이했다. 흰머리에 깡마른 노인은 구부린 영양 뿔 모양을 새

긴 지팡이를 쥐고 있었다. 이 사람이 윌로우 사람들로부터 추앙받는 위대한 '블랙 모카신(Black Moccasin, 검은 가죽신)' 추장, 미네타리족 족장이었다.

추장은 새로 잡아온 포로들을 보며 머리를 끄덕였다. 그리고 우리에게 다가와 한 명씩 한 명씩 뱁새눈을 뜨고 머리끝에서 발끝까지 냉혹하게 훑어보았다. 마치 이제 막 사려고 하는데 채 흥정을 하지 못한 암말을 살펴보는 듯한 표정을 지었다.

추장 눈길이 내게 다가왔다. 나는 숨을 멈추었다. 내 운명이 여기서 결정되는 것이다. 추장 눈길이 러닝 디어에게 옮겨 가더니 다시 내게로 왔다. 추장이 아직 결정을 내리지 못한 것이다. 그런데 톨 락이 안달을 하며 기다리다 못해 나를 끌고 나왔다. 추장이 뱀의 공격처럼 빠르게 지팡이로 톨 락을 넘어뜨렸다. 톨 락은 흙먼지 속에 나뒹굴었다.

3장

일에 묻힌 생활

블랙 모카신이 다스리는 마을은 동쪽 강둑을 따라 길게 뻗어 있었다. 마을은 잘 쏘아 날린 화살 거리의 스무 배가 넉넉히 될 만큼 컸다. 지금까지 보지도 듣지도 못한 놀라운 마을 풍경이었다.

우리 아가이두카 소손족들은 사슴 가죽으로 만든 오두막집에 살면서 철따라 저지대에서 높은 산지까지 옮겨 다녔다. 하지만 미네타리족은 마을을 벗어나 이동하는 일이 거의 없었다.

미네타리족은 나무와 진흙으로 만든 ─ 한 집에 열 명의 가족이 살 수도 있는 ─ 큰 집에서 살았다. 이 집들은 폭설이 내리거나 세찬 바람이 불어도 끄떡없을 만큼 튼튼했다. 지붕 위로 뚫린

구멍으로 연기가 뭉게뭉게 피어오르고 있었다. 접히지 않는 커다란 문이 열리고 닫혔다. 집집마다 빗물이 들어오지 못하도록 집 둘레에 도랑을 깊이 파 놓았다.

블랙 모카신 추장은 아내가 넷밖에 없었지만 집은 미네타리 마을에서 가장 컸다. 세 아내는 내가 이 집에 왔을 때부터 친절하게 대해 주었지만 나머지 한 명 '스카이 락(Sky Lark, 하늘 종달새)'이라는 젊은 시욱스족 여자는 블랙 모카신이 없을 때마다 손짓으로 땅을 가리키며, "넌 우리 적이다. 네가 죽는 꼴을 보고 말 거야."라고 말하곤 했다.

블랙 모카신 추장은 스카이 락이 이런 말을 한 것을 알고는 지팡이로 한 대 내리쳤다. 그 뒤로 스카이 락은 나를 보면 웃었지만 나는 여전히 그 여자를 믿지 못했다. 사실 블랙 모카신을 빼고는 미네타리 사람들은 아무도 믿지 않았다.

첫날 밤은 좀처럼 잠을 이루지 못했다. 잠자리는 곰 가죽 커튼으로 나뉜 한쪽 구석에 있었다. 눈을 감으면 불타 버린 마을과 친구들, 죽은 사람들, 살아남은 사람들의 모습이 끊임없이 떠올랐다. 특히 러닝 디어를 생각했다. 블랙 모카신이 자기에게 아무런 관심을 보이지 않자 나를 보는 러닝 디어의 표정은 굳어 있었다. 양쪽 머리털을 짧게 깎아서 머리 가운데가 튀어나온, 추악하게 생긴 전사가 바로 러닝 디어를 잡았던 놈이었다. 그놈이 러닝 디어를 끌고 가 버렸다. 어둠 속에 누워 연기 구멍 너머로 보이는 하늘을 바라보았다. 밤하늘에는 별들이 안개 속에서 흐르고 있었다. 나는 이제 미네타리 노예가 되어 남은 삶을 노예로 살아야 한다.

다행히 새벽부터 일을 해야 했고 이것저것 생각할 겨를도 없었다. 그 시욱스 여자는 나를 강가에 있는 평평한 마른 땅으로 데려가더니, 며칠 동안 물에 담가 두었던 작은 사슴 가죽을 내밀었다.

시욱스 여자가 몸짓 말로, 전에 사슴 가죽 일을 해 본 적이 있느냐고 물었다. 대강 '여러 번' 해 보았다는 뜻으로 고개를 끄덕였다. 그 여자는 두 손으로 '좋다'라는 신호를 하며, 입가에 야릇한 웃음을 띠고는 나를 홀로 남겨 두고 가 버렸다.

나는 일곱 살 때부터 봄, 여름, 가을마다 가죽 일을 했다. 힘든 일이었지만 언제나 그 일이 좋았고 지금도 좋아한다. 살이 위로 향하도록 가죽을 내려놓았다. 두 뼘 정도 벌려 나무못으로 고정시키고 지방과 조직을 깨끗이 긁어내린 다음 가죽이 잘 마르도록 놔두었다. 지금 하고 있는 일과 앞으로 해야 할 일들 밖에는 아무 생각도 하지 않았다.

내가 가죽 일을 잘 하자, 다음 날 시욱스 여자는 내 일감으로 가죽 두 장을 가져왔다. 그 다음 날은 세 장을 가져왔다. 더 많이 할 수도 있었지만 두 장만 처리했다.

이 일을 하루하루 하다 보니 어느덧 철새들이 남쪽으로 날아가기 시작했다. 나는 이맘때쯤 많은 미네타리 말을 배웠다. 그리 어려운 말이 아니었다. 어느 날 아침에 두 늙은 여인이 아침 식사를 준비하면서 나누는 이야기를 엿듣게 되었다.

'블루 스카이(Blue Sky, 푸른 하늘)'라는 가장 나이 든 아내가 말했다.

"이 아이는 소손치고는 일을 잘해."

둘째 아내가 말했다.

"나도 깜짝 놀랐어요. 처음 이 아이가 왔을 때 의심을 했어요. 어린 사슴처럼 큰 눈을 보고 의심했죠."

"소손 여자들은 모두 눈이 커."

"그들은 자기들이 눈이 크다는 걸 알아요."

"맞아, 그들은 그걸 알아."

"그들은 늘 위아래를 보거나 옆을 봐요. 결코 똑바로 보지 않아요."

"소손 여자들이 수줍음을 타는 거야."

"그렇게 생각해요? 난 그런 것 같지 않아요."

나는 막 잠에서 깨었다. 들소 가죽 덮개가 내 얼굴 위에 덮여 있었다. 덮개를 밀치며 귀 기울여 들었다. 두 여자는 몇 걸음 떨어진 큰 솥 옆에 있었다. 나와 그들 사이에는 커튼이 매달려 있었다.

블루 스카이가 말했다.

"내 장한 아들 '레드 호크(Red Hawk, 붉은 매)'가 내일 집에 올 거야. 블랙 모카신한테 들었어."

"그렇다면 사실일 겁니다. 블랙 모카신은 항상 자기 아들에 대해 알고 있어요. 신령님이 레드 호크가 하는 모든 일을 알려 주거든요."

"그렇게 생각해."

"그럼요."

"레드 호크가 저 소손 소녀를 좋아할 거 같나? 저 여자 애 이름이 뭐라 했지?"

"사카가와."

"사카가와가 무슨 뜻이야? 옛날에 들었던 것도 같은데."

"나도 몰라요."

나는 들소 가죽 덮개를 치워 버렸다. 커튼 쪽으로 기어가서 잘 들리는 쪽 귀를 바싹 대고 들었다. 톨 락이 시내로 밀쳤을 때 한쪽 귀를 다쳤기 때문이다.

"레드 호크가 그런 이름을 가진 여자를 좋아할까?"

"그는 더 이상한 이름을 가진 여자들도 좋아했어요. 아름다운 네 페르세 여자를 생각해 봐요. 그 여자 이름은 '원 후 슬립스 인 더 클라우드(One Who Sleeps in the Clouds, 구름 속에서 잠자는 사람)'였어요."

한동안 침묵이 흘렀다. 블루 스카이가 불에 장작을 넣으며 누가 젖은 나무를 가져왔는지 투덜거리며 물었다.

"사카가와예요."

"레드 호크가 곧 돌아올 텐데, 사카가와는 나무를 하면 안 돼. 사카가와는 가죽 말리는 일을 잘했어. 좋은 아내가 될 소질을 보여 줬지. 이젠 우리가 그 애의 외모를 가꿔 주어야겠어."

"그래요. 사카가와는 얼굴을 예쁘게 가꿔야 해요. 언젠가 추장 아내가 될 사람이지, 이대로 산에서 대충 지낼 사람이 아니에요."

또다시 침묵이 흘렀다. 솥을 휘젓는 소리와 발걸음 소리가 들렸다. 나는 들소 가죽 덮개 밑으로 들어가 머리를 덮었다. 딱따구리가 지붕 위에서 내리 쪼듯이 심장이 콩콩거렸다. 내가? 산 처녀? 블랙 모카신 아들의 아내? '새의 소녀'를 뜻하는 '사카가와'라는 이름은 폭설이 내리고 북풍이 불 때 내가 새에게 모이를 주며 새를 돌봐 주었기에 붙은 이름이다. 여러 가지 아련한 생각들로 머리가 핑 돌았다.

블루 스카이가 소리쳤다.

"사카가와, 이리 와."

나는 서둘러 옷을 입었다. 블루 스카이는 솥을 휘젓고 있었다. 블루 스카이가 내게 쇠숟가락을 주었다. 미네타리들과 함께 살기 전에는 그런 숟가락을 본 적이 없었다. 이들은 백인한테서 숟가락과 날카로운 작은 칼을 산 것이다. 깊은 산 속에 사는 우리는 들소 뼈로 만든 숟가락을 사용했다.

머리가 자꾸 어지러웠다. 하지만 크고 화려한 집이 똑똑히 보였다. 내가 있는 이 집은 적어도 어린아이 열 명을 데리고 스무 명이 넘게 잠잘 수 있는 곳이었다. 사방 벽마다 커튼이 달리고 나무못에는 옷이 걸려 있었다. 불 옆에는 솥들이 줄지어 있었고, 솥 가까운 세 기둥에는 쇠숟가락들과 수십 개의 작은 칼들이 매달려 있었다.

블루 스카이가 나를 불러 말했다.

"오늘 네 옷을 지을 거야. 네가 입고 있는 것은 눈에 거슬려. 그래서 네 얼굴에 어울리는 옷을 만들어 줄 거야."

4장

진정한 소손족

내가 옥수수죽 한 사발과 구운 사슴고기 한 점으로 아침 식사를 끝내자, 모카신의 두 아내가 옷 만드는 일을 시작했다. 그들은 나를 불 옆에 세워 놓더니 옷을 모두 벗겼다. 그리고 그 옷들을 모두 던져 버렸다.

블루 스카이가 말했다.

"소손 사람들은 멋진 말을 가졌어. 그들은 말을 씻기고, 빗질하고, 깃털로 장식하지. 하지만 소손 여자들은 들판에 세워 놓은 허수아비처럼 보여."

둘째 아내가 말했다.

"그들은 여자를 굶기기도 한대요. 이것 좀 봐요. 비쩍 말랐잖아요."

두 아내는 다 뚱뚱했다. 다리가 내 몸보다 더 두꺼웠다. 미네타리족은 많은 양식을 가지고 있었다. 넓은 들판에 옥수수·호박·콩을 심었고, 훈제시킨 사슴고기, 들소고기와 말린 옥수수알로 커다란 창고를 그득 채웠다. 이런 광경은 처음이었다. 옥수수는 오랫동안 물에 담가 요리하면 맛이 좋았다.

두 아내는 다른 집에서 여자 넷을 불러왔다. 그 여자들은 마을에서 자르고 꿰매는 일을 잘하는 여인들이었다. 아주 빠르게 아름다운 하얀 영양 가죽으로 내 윗옷을 만들고, 그 옷에 어울리는 바지도 만들었다. 그리고 부드러운 사슴 가죽 위에 세워 놓고는 날카로운 쇠칼로 내 발 둘레를 따라 가죽을 잘랐다. 금방 달그락거리는 노란 구슬이 달린 신발을 만들었다.

다음 날 아침 두 아내는 내 몸에 곰 기름을 바르고 발바닥까지 문질렀다. 곰 기름을 씻어 낸 다음에는 향료를 발랐다. 향료가 피부에 스며들면서 장미 향기가 났다.

두 아내는 내 얼굴 양쪽에 한 줄씩 자주색 점들을 그려 놓았다. 두 귀는 주홍색으로 칠했다. 그리고 밝은 햇살이 비추는 곳으로 데리고 나와 찬찬히 보았다.

블루 스카이가 말했다.

"여기 있는 이 아이가 소손 아이라고 누가 믿겠어?"

둘째 아내가 말했다.

"아무도 안 믿지요. 이 아이는 신령님께서 보내 주신 아이입니다."

블루 스카이는 고개를 가로저었다.

"아냐, 우리 앞에 있는 이 아이는 신령님 아이가 아냐. 이 아이는 우리가 꿈꾸어 오던 아이야."

두 사람은 마치 내가 그들 말을 못 알아듣는 듯, 내가 그 곳에 없는 듯이 말하였다. 그래서 그들 말에 끼어들었다. 비록 화가 났지만 공손하게 말했다.

"나는 당신들이 인형처럼 옷을 입히기 전과 똑같아요. 나는 소손 여자였고, 지금도 소손 여자입니다. 지금 이 순간도, 그리고 앞으로도 영원히 소손 여자입니다."

블루 스카이가 말했다.

"레드 호크가 이 아이를 보면 기뻐할 거야."

"레드 호크를 만족시키기가 때로는 힘들어요. 그가 태어나고 벌써 여름과 겨울이 스무 번도 넘게 지나갔어요. 그런데 아직도 아내가 단 한 명도 없으니……."

"부끄러운 일이지. 그 동안 쓸 만한 신부가 한 명도 없었어. 그를 거쳐간 여자가 일곱이고 그 중 한 명은 시욱스 공주였지만 말이야. 하지만 이 어린 소손 아이는 달라."

"그래요. 블랙 모카신이 잘 보살펴 주었고, 자기 아들도 그럴 거라고 생각하나 봐요."

"그래. 그런데 우리가 이렇게 애쓴 보답이 뭘까?"

"생각해 볼게요."

"지금 생각해. 시간이 없어. 레드 호크가 오늘 올 거야. 보답은 요구하지 않으면 아침 안개처럼 사라지지."

나는 목청을 높여 그들 말에 다시 끼어들었다.

"여름과 겨울을 스무 번이나 보냈으면서도 아내가 한 명도 없는 그 사람은 누구입니까? 시욱스 공주를 거부한 그 사람은 도대체 어떻게 생겼나요? 나에겐 그 사람이 응석이나 부리는 사람으로 들리는군요."

'응석이나 부리는 사람'이라는 말을 빼고는 모두 소손 말로 했다. 그 부분을 말할 때는 '못생겼다'는 의미를 나타내는 몸짓과 함께 유창한 미네타리 말로 했다.

블루 스카이가 나를 날카롭게 바라보았다.

"널 위해 레드 호크를 떠올린 게 아니야. 너를 잘 차려 입혀 놓긴 했지만, 그가 너를 두 번 바라만 봐도 다행이야. 네가 블랙 모카신 집에 오게 된 것도 운 좋은 일이지. 넌 노예가 아냐. 그리고 네가 죽지 않은 것이 얼마나 행운인지 알아?"

나는 분노를 삼켰다. 하지만 속에서는 부글부글 끓어올랐다.

작은 집에 앉아 레드 호크가 오기를 기다리며 하루 종일 감정이 복받쳤다. 두 아내는 하얀 영양 가죽으로 만든 아름다운 옷과 방울 달린 신발을 더럽힐까 봐, 땀이 나서 화장이 얼룩질까 봐 걱정이 되어 꼼짝도 못하게 했다. 그리고 흘릴까 봐 아무것도 먹지 못하게 했다.

집 안에 가득 찬 아이들은 내 둘레에 모여 나를 지켜보고 있었다. 나는 들소 가죽 위에 공주처럼 예쁘게 앉아 있었다. 공주가 된 느낌이 들었다. 그런데 하루가 다 지나고, 연기 구멍 위로 보이는 별이 반짝일 때에야 말발굽 소리가 들렸다. 여러 마리였다.

블루 스카이가 신발을 신기고, 윗옷을 꽉 조이고, 얼굴과 두 귀에 화장을 덧칠해 주었다. 둘째 아내가 가죽신 한 켤레와 옷, 조가비를 가져오더니 바늘 하나를 건넸다.

"꿰매라. 네가 잘 꾸민 것만큼 일도 잘한다는 것을 레드 호크에게 보여 줘야 해."

레드 호크가 블랙 모카신 전사들을 이끌고 문을 활짝 열며 들어서서 우렁찬 소리를 냈다.

"아이이, 아이이, 아아그이이!"

아이들과 아내들은 달려가 레드 호크를 맞이했다. 문가에는 사람들이 와글거렸다. 나는 불가에서 가죽신을 꿰매었다.

레드 호크는 자기 아버지나 다른 미네타리 전사들처럼 크고 늘씬하며 밝은 피부색을 가졌고, 머리털이 찌르레기 날개처럼 검었다. 거드름을 피우며 불 쪽으로 걸어갈 때에는 머리카락이 날개처럼 퍼져 나갔다.

레드 호크가 말을 하려고 하자 주변이 조용해졌다. 잠시 후, 두 번의 긴 겨울을 보내는 동안 자기가 집으로 가져온 많은 들소 고기와 자신을 비롯한 부하들이 잡아온 열 명의 파우니 여자들과 아이들 이야기를 하는 동안, 추장 아내들은 레드 호크의 용기에 계속 환호했다. 그들은 박수를 쳤고 유치하게 들리는 이상한 노래를 불렀다.

레드 호크는 단 한 번도 나를 바라보지 않았다. 그러다 연설을 끝내고 밖에 있는 사람들에게 또 연설을 하러 나갈 때, 내게 눈길을 한 번 돌렸다. 단 한 번 힐끗 보았는데 그게 전부였다.

어둠이 내리고 소나무가 불타고 있었다. 소나무는 송진이 많아서 매운 연기가 피어올랐다. 연기는 지붕 구멍을 통하여 나가기도 했지만 대부분은 집 안에 머물러 있었다. 러닝 디어가 내 곁에 서 있었지만 좀처럼 얼굴을 볼 수 없었다.

블랙 모카신은 자기가 좋아하는 불 옆에 있었다. 블랙 모카신의 아내들은 저녁 식사를 준비하느라 바빴고, 아이들은 밖에서 놀고 있었다. 러닝 디어가 아무도 들을 수 없을 만큼 살며시 말했다.

"좋은 방법이 있어."

"무슨 방법?"

"달아나, 집으로 가는 거야."

마을 안에서 러닝 디어를 본 적은 있었지만, 서로 말을 해 보기는 이번이 처음이었다. 나는 러닝 디어가 다가왔을 때 깜짝 놀랐다.

"집으로? 우리 마을 사람들이 많이 죽었어. 살아남은 사람들을 찾을 수 있겠니?"

"난 가서 만날 거야."

"그런데 왜 그래? 넌 블랙 모카신이나 다른 사람들한테서 해를 입지 않았잖아. 넌 먹을 것이 많이 있어. 겨울이 다가와. 가는 도중에 죽을지도 몰라."

"언니는 여기가 좋구나, 여기가 마음에 드는구나. 추장 집에서 살고, 좋은 음식도 먹고. 언니는 옛날 생각은 하지도 않지. 하지만 난 달라. 고향 사람들을 결코 잊을 수가 없어."

"그들을 생각해 봐야 소용없어. 모두 사라졌어. 내가 블랙 모카신에게 말해서 너도 여기서 살도록 해 줄게. 들어 줄 거야."

"난 블랙 모카신 집에서 살고 싶지 않아."

"그렇지만 어떻게 집을 찾을 수 있겠니?"

"사람들이 지금 들소 사냥을 하러 가고 있어. 거기는 우리가 붙잡힌 곳에서 가까워. 내가 길을 따라 해 둔 표시 생각나? 그 표시들을 찾을 거야."

러닝 디어는 이미 굳게 마음먹고 있었다. 러닝 디어는 진정한 소손족이었다.

"난, 안 가. 하지만 너를 도와주겠어. 무엇을 해 줄까?"

"음식을 마련해 줘. 페미칸(쇠고기 가루에 기름, 말린 포도 따위를 섞어 굳힌 음식-옮긴이)과 훈제한 사슴고기. 열흘 동안 먹을 수 있도록 말이야."

"열흘이 더 걸릴 거야."

"그리고 말도 한 마리. 블랙 모카신의 말 중에서."

나는 러닝 디어를 위하여 음식을 비축했다. 추장 아내들이 의심하지 않도록 매일 조금씩 조금씩 마련했다. 말은 구하기가 더욱 힘들었다. 블랙 모카신의 말들은 밤에는 집 안에 매여 있었다. 마침내 러닝 디어는 낮에 한 마리를 훔치기로 마음먹었다.

새벽에 말들이 물을 마시러 강으로 몰려가고 있을 때 우리도 따라갔다. 내가 말몰이꾼에게 이야기를 거는 동안 러닝 디어가 말 중에서 가장 좋은 놈을 골랐다. 러닝 디어는 그 말을 타고 버드나무 숲으로 사라졌다.

저녁때까지 말이 없어진 것을 알지 못했다. 지금쯤 러닝 디어는 이 곳에서 멀리 벗어나 집으로 가고 있을 것이다.

5장

잔인한 르 보네 추장

다음 날도, 그 다음 날도 나는 영양 가죽 옷을 입고 돌아다녔다. 두 뺨에는 자주색 점을 찍고, 두 귀와 머리털은 주홍색 칠을 하고, 나무를 스치는 바람 같은 소리를 내는 새 가죽신을 신고 우아하게 걸어다녔다. 그러나 레드 호크는 나를 보지 않았다, 내가 여러 번 가까이 지나갔는데도.

어느 날, 낡은 옷을 입고 머리에 물동이를 인 채 마을 샘터에서 돌아오고 있을 때 레드 호크가 멈춰 세웠다. 거만한 태도로 마치 자기가 블랙 모카신의 아들이 아니라 추장인 것처럼 물었다.

"내가 널 본 적이 있던가?"

"당신은 많은 여자를 보았습니다. 당신이 절 본 적이 있는지는 모르겠습니다."

레드 호크는 만족하지 않았다.

"물을 나르고 있구나. 네가 불가에 앉아서 바느질을 했지? 톨락이 잡아온 여자냐?"

"네."

"미네타리 말을 아느냐?"

"좀 압니다."

"얼마나 아느냐? 네가 듣는 데에서 내가 말한 적이 있다. 내가 무슨 말을 했느냐?"

사실 나는 레드 호크가 하는 말을 듣지 못했다. 나는 그때 낯선 사람들이 모여 있는 낯선 곳에 앉아 있었고, 두 뺨에 자주색 점들을 찍고 귀에 주홍색을 칠한 상태로, 결혼할지도 모르는 남자 앞에 전시되어 있었기에 들을 수가 없었다.

레드 호크는 내가 수줍음을 타는 것이라고 생각했다. 또다시 무슨 말을 알아들었냐고 물었다. 나는 어릴 때부터 남자들이 사냥에서 돌아오면 하던 연설을 수없이 들었다. 그래서 기억하고 있는 것을 조각조각 붙여 대답했다.

레드 호크가 만족한 듯 보였다. 하지만 나를 보고 만족한 것이 아니라, 자기 스스로 만족하는 것이었다. 내가 말을 마치자, 한 마디 말도 없이 성큼성큼 가 버렸다.

집에 도착하여 물을 쏟아 붓고는 물을 또 길러 갔다. 물동이를 다시 채웠을 때 어둠이 깔리기 시작했다. 물동이를 머리에 일 때 누군가 내 팔을 잡았다. 손에 칼을 들고 있었다.

톨 락이 작은 소리로 말했다.

"조용히 해."

나는 물동이를 떨어뜨리고 달아나기 시작했다. 차가운 칼날이 내 등에 닿았다. 비명을 지르려 하였지만 숨이 막혀 소리를 낼 수도 없었다.

톨 락은 칼을 들이밀며 말했다.

"조용히 해. 해치지 않을 거야."

말 한 마리가 샘터 근처 나무에 매여 있었다. 톨 락은 나를 들어 말 등에 올려놓고는 미끄러지듯이 뒤에 탔다. 우리가 마을을 돌아 나가는 동안 톨 락은 내 등에 칼을 대고 있었다. 집집마다 불을 피우고 있었지만 아무도 우리를 보지 못했다. 단지 개 한 마리가 우리를 보고 짖어 대며 북쪽 길을 따라왔다.

짙은 안개가 나무 사이로 드리워져 있었다. 톨 락은 칼을 치우고 두 팔로 나를 껴안고 말을 몰았다. 톨 락의 숨소리가 목 뒤에서 거칠게 들려 왔다.

"히닷사로 가는 거야. 훌륭한 미네타리족 마을이지. 그 곳엔 친구들이 있어."

이 말은 톨 락에게서 처음 듣는 부드러운 말이었다.

"히닷사의 추장을 잘 알아. 그는 내 친구이지, 블랙 모카신의 친구가 아냐. 그가 우리를 보호해 줄 거야. 우리는 그의 큰 마을에서 영원히 함께 살 거야."

나는 말갈기를 잡고 침착하려고 애썼다.

히닷사의 추장은 잔인한 행동으로 유명하여 자기 부족들한테도 증오를 받는 인물이었다. 추장의 진짜 이름은 '카코아키스'였다. 하지만 사람들은 추장이 없을 때면 프랑스 이름 '르 보네'라고 불렀다. 이 곳 어머니들은 말썽꾸러기 자식을 겁주려 할 때는 "조심하지 않으면 르 보네 괴물에게 보낼 거야."라는 말을 했다.

달빛이 없어서 두 번 길을 잃었다. 그래서 우리가 히닷사에 도착한 것은 다음 날 밤이었다. 우리는 곧바로 르 보네 집으로 갔다. 그 집은 블랙 모카신 집보다 더 컸다. 벽에는 머리 가죽과 여러 장식품이 가득 걸려 있었다.

르 보네는 불가에서 저녁을 먹고 있었다. 식사를 중단했지만 자리에서 움직이지는 않았다. 톨 락을 먼저 쳐다보고는 나를 보았다.

그가 르 보네라고 불리는 것은 한쪽 눈만 제대로 있고, 다른 한쪽 눈은 하얀 막이 덮여 있는 것처럼 이상하게 보였기 때문이다.

톨 락은 자기가 알고 있는 친구 카코아키스 추장의 무용담과 많은 공적, 히닷사 사람들이 추장을 얼마나 사랑하는지, 블랙 모카신이 얼마나 그를 두려워하고 증오하는지를 장황하게 늘어놓았다.

마침내 톨 락은 히닷사 미네타리의 추장 앞에 자기가 온 이유를 말하게 되었다. 톨 락은 추장을 카코아키스라고 불렀다. 많은 사람들이 뒤에서 애꾸눈이라고 불렀지만 추장이 싫어한다는 것을 잘 알고 있었다.

"아시다시피, 당신의 적 블랙 모카신은 이 여자 아이를 아내로 취하기에는 너무 늙었습니다. 그래서 자기 대신 아들을 내세웠습니다."

"레드 호크 말이냐?"

"대가리에 큰 벌레가 있는 놈입니다. 블랙 모카신은 이 아이를 아들에게 줄 권리가 없습니다. 그리고 아들도 이 여자를 가질 권리가 없습니다."

"권리가 없어."

르 보네는 목청을 높여 채찍을 휘두르는 듯한 소리로 말했다.

"권리가 없다. 네가 잡은 여자이니 그들은 권리가 없다."

르 보네는 잠시 멈추더니 한쪽 눈으로 나를 응시했다.

"예쁘구나. 소손족이냐?"

"네."

"너를 보고 그렇게 생각했다. 좋은 사람들이지. 그런데 소손족은 자존심을 건드리면 미쳐 버리는 사람들이야. 오래 전에 내 아내 중 하나가 소손족이었어. 나는 그 여자를 길들일 수가 없었다."

내가 미네타리족과 함께 살게 되면서 처음으로 들었던 이야기가 르 보네와 그의 소손족 아내에 관한 것이었다. 르 보네는 홧김에 아내의 머리 가죽을 벗겨 죽인 인물이었다.

"내가 무엇을 도와주면 되겠느냐? 말하거라."

"당신의 마을에서 살게 해 주십시오. 블랙 모카신의 분노가 미치지 않는 곳에 있게 해 주십시오."

"말을 타고 왔느냐?"

"한 마리를 타고 왔습니다."

"갖다 넣어라."

르 보네는 자기 집 맨 끝에 있는 마구간을 가리키며 말했다. 톨 락이 말을 가지러 갔다.

"몇 살이냐?"

"열네 살입니다."

"결혼했느냐?"

"안 했습니다."

"톨 락과 결혼하고 싶으냐?"

어떻게 대답할지 망설였다. 두 남자 모두 두려웠지만 르 보네가 특히 더 두려웠다.

르 보네가 자리에서 일어나며 말했다.

"겁먹었구나. 톨 락과 결혼할 필요 없다. 내가 오늘 밤 톨 락을 멀리 보내겠다. 네가 여기서 안전하게 지내도록 지켜 주겠다."

톨 락이 마구간으로 말을 끌어다 놓고 와서는 또 긴 얘기를 늘어놓았다. 르 보네는 듣지 않았다. 르 보네의 한쪽 눈이 톨 락을 지나쳐 내게 고정되었다.

6장

수호신이 준 선물

르 보네는 우리에게 음식을 주었다. 내가 다 먹자 아내 하나를 불러 잠자리를 마련해 주라고 시켰다. 곰 가죽을 밟으며 침대로 갔다. 침대는 임시로 만든 것이 아니었다. 내 무릎 높이만큼 바닥에서 올라와 있었다.

나는 무척 피곤했지만 자고 싶지 않았다. 가만히 누워 불 그림자를 응시했다. 내 생각과 상관없이 이미 내 운명이 결정된 것처럼 보였다.

두 사람이 잠들고 불이 꺼지기를 기다렸다. 나는 신발만 벗고 있었다. 신발을 들고 문 쪽으로 갔다. 밖으로 나와 앉아 신을 신었다. 신이 젖어 오므라들어서 신는 데 시간이 걸렸다. 마을에는 좁은 길이 나 있었고 집들은 모두 그 길을 바라보고 있었다. 집 뒤쪽으로 돌아서 가고 싶었지만 그 곳은 너무 어두웠다. 달빛이 서쪽에서 비추었지만 너무 희미했다.

멀리 가기도 전에 개들이 짖기 시작했다. 두 마리가 나를 따라오며 발뒤꿈치에서 으르렁거렸다. 마을 저쪽 좁은 길에서는 아득한 고함소리와 말발굽 소리가 났다.

길 양쪽은 횅하니 비어 있었다. 숨을 곳이 없었다. 잠시 동안 달렸지만 메타하타가 너무 멀어서 붙잡힐지도 모른다는 두려움에 희망을 잃은 채 잠시 동안 달렸다.

길을 따라 가다 보니 강이 나타났다. 강물을 따라 길이 끝없이 뻗어 있었다. 물속에 숨을 생각을 했다. 그때 강기슭에 매어 둔 배들이 보였다. 그 중 가장 큰 배를 골라 안으로 기어 들어가 바닥에 앉았다.

세 사람이 말을 타고 달려왔다. 한 마리는 톨 락의 점박이 말이었다. 나는 잠시 기다렸다 작은 배를 강물에 띄우고 강둑 쪽으로 저었다. 물살을 타고 새로운 보금자리를 향하여 갔다.

마을 가까이에서 강은 좁아졌고 강물은 매우 빠르게 흘렀다. 미네타리족의 배는 동그랗게 감은 버드나무 틀에 들소 가죽을 펼쳐서 만들어 매우 가벼웠다. 그들은 이 배를 바람 속의 깃털처럼 가볍게 다루었다. 그들이 노 젓는 것을 본 적이 있었지만 직접 미네타리 배를 타고 노 저어 가 보기는 처음이었다.

배가 제자리에서 뱅뱅 돌았다. 노를 힘껏 잡아당겼지만 한쪽으로 기울기만 하였다. 물살이 앞뒤에서 빠르게 돌았다.

마을을 지나 이삼 킬로미터 정도 가자 마침내 드넓은 미주리강에 이르렀다. 무서운 르 보네와 톨 락한테서 벗어나게 되어 너무나 기뻤다.

강물의 흐름이 느려지자 배는 더는 돌지 않았다. 서쪽으로 가면서 강기슭에 배를 대려고 했다. 물속에 쓰러진 나무를 피해 안전하게 돌아갔지만 얼마 되지 않아 삐걱거리는 소리와 함께 무엇인가 단단한 것에 부딪혔다.

떠내려온 나무 더미 위에 누우니 반은 물 위에, 반은 물속에 잠겨 있었다. 입은 모래로 가득 찼다. 배가 또다시 어둠 속에서 빙글빙글 돌았다.

나는 너무 지쳐 움직이지도 못하고 누워 있었다. 날이 밝자 물 밖으로 기어 나왔다. 그 곳은 양쪽에 흙탕물이 넓게 흐르는 작은 섬이었다. 이제는 메타하타 마을을 볼 수 없었다.

이 섬은 가운데에 솟은 커다란 언덕을 빼고는 평평했다. 물가에는 위에서 떠내려 온 잡동사니들이 지저분하게 널려 있었다. 섬을 한 바퀴 돌아보았다. 블랙 모카신의 마을을 한 바퀴 도는 정도로 얼마 걸리지 않았다.

언덕 위로 올라갔다. 꼭대기에는 미루나무, 버드나무, 자두나무, 벚나무와 뒤엉킨 선인장, 배나무 들이 있었다. 이 곳 경치는 아래서 보았던 것과 똑같았다. 풍부한 물, 강물 양쪽의 평평한 강가. 하지만 어느 곳에도 사람 흔적은 없었다.

언덕 위는 불을 피우기에 좋았다. 따뜻하게 하려고 불을 피웠다. 또한 연기가 올라가면 블랙 모카신의 마을 사람들이 내가 이 섬에 있다는 것을 알게 될 것이다. 난 그들이 와서 나를 데려가 주기를 바랐다.

강 동쪽에 있는 이 높은 언덕에서 불을 피우는 것을 르 보네나 톨 락이 보게 될까 봐 두렵지는 않았다. 이 언덕과 주변의 땅은 블랙 모카신의 영역이기에 르 보네와 톨 락은 감히 오지 못할 것이다.

모래톱이 두 팔을 벌린 듯이 섬 끝에 펼쳐져 있었다. 강가에는 강물에 떠내려 온 나무들이 수북이 쌓여 있었다. 마른 나뭇가지들을 한 아름 모아 언덕으로 올라갔다. 어렸을 때부터 불을 많이 피워 봤지만 지금처럼 힘든 적은 없었다. 나무 가루 한 줌을 긁어모으려면 칼이 필요했다. 겨우 사슴 정강이뼈를 구할 수 있었다. 빙빙 돌릴 막대기 대신 정강이뼈를 사용하였다.

나무 가루에서 연기가 피어올랐다. 드디어 약간의 불꽃이 일어났다. 그 불꽃을 불어 불을 지폈다. 저녁때에는 멀리서도 볼 수 있도록 불을 활활 피웠다.

자두나무에는 잘 익은 자두가 열려 있고 덤불 속에는 선인장 열매가 달려 있었지만 배고프지 않아 먹고 싶지 않았다.

미루나무 옆에 누울 만한 공간을 우묵하게 만들어 나뭇잎을 덮고 누웠다. 하늘에는 별들이 움직였다. 밤새도록 배가 오는 소리가 들리는지 귀를 기울였다. 가끔 일어나 새 나뭇가지를 불 속에 넣었다. 아무도 오지 않았다. 쏙독새 우는 소리만 들렸다.

하루 종일 불을 피웠다. 불이 타고 연기가 찬바람에 실려 사라지는 동안, 그 불에 구워 먹을 수 있는 먹을거리를 찾아 나섰다.

섬을 돌아보았다. 작은 은빛 물고기 떼와 내 몸의 절반만 한 큰 물고기도 한 마리 있었다. 등이 까맣고 배가 하얀 그 물고기는 눈이 노랗고 입가에 긴 수염이 나 있었다. 소손 땅에서 살 때는 종종 강에서 물고기를 잡았다. 인내심을 가지고 한 손을 천천히 내밀어 꽉 붙잡는 것이다. 하지만 이놈은 몸을 빼어 짙은 물속으로 사라졌다.

덤불 속에 다람쥐가 있을지도 모른다는 생각이 들었다. 어쩌면 토끼가 있을지도 몰랐다. 그러나 다람쥐 굴 세 개만 덩그러니 있었다. 다람쥐들이 굴마다 좋은 뿌리를 저장해 두었다. 그 뿌리들은 긴 겨울을 나는 동안 다람쥐들이 먹을 먹이이기에 그것을 가져오지 않았다.

누군가 절벽을 지나가다가, 내가 밤에 지핀 불을 보거나 낮에 피운 연기를 볼 것이라는 생각이 들었다.

이틀이 지나자 먹을거리가 떨어졌다. 강가에 있는 버드나무 가지로 작살을 만들었다. 그런데 세찬 물살에 작살이 떠내려가 버렸다. 울고 싶었다. 강물을 따라 떠내려가는 작살을 보다가 하늘을 보니 서쪽 하늘에 반짝이는 금성이 보였다. 이 별은 나의 수호신이다. 어렸을 때부터 영원히 나를 인도해 주고 보호해 주는 신성한 상징이었다.

이 신성한 별이 나를 구해 준 일이 있었다. 내가 여섯 살이던 여름에 우리 부족은 세 줄기 강물이 만나는 곳에서 야영을 했다. 그때는 너무 어려서 친구와 적을 구별하지 못했다. 모든 사람들이 똑같아 보였다. 온 가족이 불가에 앉아 이야기를 하고 있었다. 숟가락으로 수프를 떠먹고 있었는데, 어떤 사람의 그림자가 문 옆에 있었다. 나는 일어나서 문밖으로 나갔다. 그리고 그 그림자에게 먹어 보라고 한 술 내밀었다.

그 그림자는 우리의 적 블랙프트 추장이었다. 추장은 수프를 마시고는 자기 부하들이 있는 곳으로 돌아갔다. 그들은 우리 야영지를 포위하고 있었다. 하지만 추장은 부하들에게 공격하고 싶지 않다고 말했다.

다음 날 아침에는 풀밭에서 금성처럼 생긴 초록색 돌 하나를 발견했다. 오랜 세월 동안 한곳에서 있으면서 비바람에 닳은 돌이었다.

이 섬에 온 지 나흘째 되는 날 저녁에, 불 피울 나무를 모으다가 떠내려 온 나무 속에서 죽은 사슴 한 마리를 발견했다. 화살 네 개가 등에 박혀 있었다. 상처 입은 사슴이 사냥꾼들을 피해서 강으로 뛰어들었다가 죽은 것 같았다.

고약한 냄새가 났지만 불에 구워 먹으니 맛이 좋았다. 실망스럽게도 활을 만들 방법이 없었다. 하지만 화살촉은 쇠붙이였고 좋은 가죽끈에 묶여 있었다. 화살촉으로 낚싯바늘을 만들고, 가죽끈으로 짧은 낚싯줄을 만들었다. 사슴고기 살점을 낚싯바늘에 걸어 미끼로 삼았다. 팔을 길게 뻗어 은빛 물고기를 잡아 불에 구워 먹고 나머지는 미루나무에 매달아 놓았다. 화살촉으로 사슴 가죽을 깨끗하게 긁어 대충 몸에 걸칠 망토를 만들었다.

이 모든 행운은 나의 수호신, 초저녁에 빛나는 저 별이 내려 준 선물이었다.

7장

강섬에서 만난 들소

밤낮으로 계속 불을 지폈다. 높은 언덕 위로 무엇인가 지나갔지만 아무도 오지 않았다.

밤에는 점점 더 추워졌다. 바람의 방향이 북쪽으로 바뀌었다. 기러기 떼가 북쪽에서 날아왔다. 기러기 몇 마리가 섬에 내려 쉬었지만 잡을 방법이 없었다. 남긴 사슴고기와 반쯤 훈제한 물고기를 먹었다. 여전히 나를 찾으러 오는 사람은 없었다.

통나무로 뗏목을 만들려고 했다. 사슴 가죽 망토로 밧줄 삼아 묶으려 했지만 가죽이 충분하지 않았다. 그래서 통나무 하나에 몸을 맡기고 강 하류까지 떠내려가다 보면 어딘가에 도달하지 않을까 하는 생각을 했다. 하지만 이 생각을 포기해야 했다. 물살이 세차서 남쪽으로 떠내려가게 되면 하루가 지나기 전에 우리들의 적, 약탈자 시욱스족 땅으로 깊숙이 들어가게 될 것이 분명했다.

밤에는 살을 에일 듯이 추웠다. 얼음장들이 빠르게 떠다녔다. 어떤 것들은 섬 끝에 쌓였다. 강둑을 따라 얇은 얼음 조각이 널려 있었다. 온 강이 얼어붙을 수도 있는 일이었다. 그렇게 되면 멀리 있는 강기슭으로 건너갈 수 있을 것이다.

움푹 파인 땅에서 나뭇잎만 덮고 잠자기에는 너무 추웠다. 가장 큰 미루나무 줄기에 떠내려온 나무를 기울여 세웠다. 버드나무 가지로 위를 덮고 출입구에는 불을 피우기 적당할 만큼 깊은 구멍을 팠다.

또다시 물고기를 잡아서 구웠다. 하던 일을 멈추고 동서로 펼쳐진 강가를 보았다. 저녁때에는 금성을 보며 금성에게 말했다.

얼음이 강둑을 따라 점점 두꺼워졌다. 끊임없이 흐르는 강물 위로 얼음장들이 빠르게 떠다녔다. 어떤 것은 내가 있는 이 섬의 절반만 했다. 한 얼음장에 사슴 두 마리가 있었다. 두 사슴은 강가로 올라와도 내가 죽일 방법이 없다는 것을 아는 듯이 한가롭게 지나갔다.

비가 내렸다. 비는 진눈깨비로 바뀌더니, 진눈깨비는 또 눈으로 바뀌었다. 폭풍 치는 하늘에서 해가 얼굴을 내밀었다. 희미한 햇빛 속에서 얼음 위에 궁둥이를 깔고 앉아 있는 갈색 곰 같은 것이 보였다. 얼음이 더 가까이 떠내려 왔다. 그것은 곰이 아니라 들소였다.

얼음장이 강가에 가볍게 스쳤다. 얼음장은 조금 물속에 가라앉는 듯 하더니 다시 올라왔다. 들소가 물속으로 뛰어들었다. 들소는 강둑으로 올라와 나를 빤히 보며 서 있었다. 나도 들소를 바라보았다. 들소는 몸을 움직여 섬 맨 끝으로 사라졌다.

밤사이에 눈이 내렸다. 일어나 불에 나무를 넣고 아침으로 물고기를 먹으려고 할 때, 눈 위에 찍힌 들소 발굽 자국이 보였다. 발굽 자국이 언덕 주변에 동그라미를 그려 놓았다.

들소는 미루나무를 보고 나무껍질을 먹고 싶었으나 가까이 오기가 두려웠다. 미루나무 가지를 꺾어 들소에게 주려고 가까이 다가갔다. 들소는 떠내려온 나무 더미 옆에 서서 껍질이 다 벗겨진 통나무에서 먹을 것을 찾고 있었다. 가까이 다가가 미루나무 가지를 내밀었다. 들소는 나를 피해 가 버렸다. 그래서 먹이를 남겨 두고, 아침밥을 마저 먹으려고 돌아왔다.

들소는 다음 날 아침에도 똑같은 곳에 있었다. 다시 들소에게 먹이를 주었다. 그러나 찬 공기 속에서 오래 걷기가 힘들어 점점 더 언덕에서 가까운 곳에 먹이를 남겨 놓았다.

들소가 내 손에 입을 대고 먹게 하려고 날마다 애를 썼다. 그런데 들소는 빠르지 않았지만 항상 뒤로 물러섰다. 머리를 숙이고 그 노란 눈동자를 단 한 번도 깜빡이지 않으며 나를 바라보았다.

나는 들소가 말을 듣지 않아 짜증이 났다. 생각 같아서는 가죽으로 따뜻한 옷을 만들고, 혀를 불에 잘 구워서 먹어 버렸으면 했다.

마침내 들소가 내 손에 있는 먹이를 받아먹기 시작했다. 아침마다 들소는 내가 지은 집 문 앞에서 나를 기다리고 있었다. 근처에는 미루나무, 버드나무, 배나무 들이 많았다. 하지만 들소는 내가 먹이를 주는 것을 훨씬 더 좋아했다. 나도 좋았다. 들소는 좋은 친구가 되었다. 들소와 함께 있다 보니 나만 홀로 이 곳에 남아 있다는 생각이 들지 않았다.

강물이 한가운데 깊은 곳을 빼고는 섬 양쪽에서부터 서서히 얼었다. 하지만 깊은 곳은 헤엄쳐 건너기엔 너무 넓었다.

양식이 바닥났다. 소손족이 겨울에 먹을거리가 떨어져서 나무껍질을 먹어야 했던 기억이 떠올랐다. 나는 먹지 않았지만 어떤 이들은 자기 가죽신을 뜯어먹기도 했다. 이젠 나도 그래야 할지도 모른다는 두려운 생각이 들었다.

밤새 눈이 내린 어느 날 아침에 섬 서쪽 둑으로 걸어갔다. 강 얼음은 햇살을 받아 반짝거렸다. 남쪽에서 강물을 거슬러 올라오는 카누 한 척이 보였다.

카누에는 두 사람이 노를 젓고 있었다. 나는 망토를 벗어 흔들었다. 얼음이 반짝거려 나를 보지 못하면 어쩌나 하는 걱정이 들었다. 카누 뒤쪽에 앉은 사람이 손을 들어 나를 보았다는 신호를 해 주었다. 그리고는 내가 있는 쪽으로 왔다. 카누 앞쪽에 앉은 여자가 노를 내밀었다. 나는 노 끝을 잡아당겼다.

남자가 일어서서 몸을 쭉 뻗어 물가로 내려왔다. 르 보네보다 몸집이 더 좋았지만 키는 크지 않았다. 남자는 곰 가죽 망토를 걸치고, 빨간 여우모자 뒤에는 달랑거리는 꼬리를 달고 있었다. 동그란 두 눈은 코 가까이에 붙었고 작은 조약돌처럼 보였다.

남자가 장갑 낀 손으로 손짓했다. 내게 어느 부족이냐고 물었다. 마을 쪽을 가리키자, 웃음을 지었다.

"메타하타?"

나는 고개를 끄덕였다. 이 남자는 왜 이 곳에 있는지 묻지 않았다.

"우린 그 곳으로 가는데, 너도 함께 갈래?"

남자는 미네타리 말로 물었다.

"네."

"지금?"

"네, 지금요."

"타라."

남자는 내가 타도록 카누를 잡아 주며 말했다.

들소가 좀 떨어진 곳에서 우리를 바라보고 있었다. 남자는 소녀에게 총을 달라고 해 어깨에 걸쳤다. 불꽃이 솟구치더니 자욱한 연기가 났다. 연기가 사라졌을 때 들소는 옆으로 누워 있었다. 남자는 날카로운 칼로 죽은 소를 도려내어 살점을 소녀에게 건네 주었다. 소녀는 그것을 차곡차곡 쌓아 놓았다.

쌀쌀한 날씨였다. 남자는 땀이 나자 얼굴을 덮은 가리개를 치워 버렸다. 눈가에는 털이 북슬북슬했다. 이렇게 얼굴에 털이 많은 사람을 본 적이 없었다. 이 남자는 우리 부족 사람이 아니었다. 우리 부족 남자들은 얼굴에 털이 없었다. 작은 털이라도 생기면 사슴뼈로 만든 족집게로 뽑았다.

남자는 팔로 얼굴을 닦고 총을 무릎 사이에 놓더니 노를 잡고 강을 가르기 시작했다.

소녀는 매우 어렸다. 소녀는 남자가 노 젓는 대로 똑같이 따라했다. 마치 둘은 오랫동안 함께 여행을 한 것처럼 보였다. 소녀가 노젓기를 멈추고 나를 돌아다보았다. 내가 씩 웃자 소녀도 웃음을 지었다. 어색한 웃음이었다. 소녀의 이름은 '오터 우먼(Otter Woman, 수달 여인)'이었다.

8장

핸드 게임

백인 무역상이 왔다는 소문이 퍼지자 미네타리 사람들이 강가로 몰려왔다. 우리가 타고 온 큰 카누 주변에 새까맣게 모여들었다. 그들은 백인 무역상이 가져온 고기 더미와 그 밖의 교환할 물건을 가리켰다. 북을 치고, 방울을 흔들고, 칠면조 뼈로 만든 호각을 불면서 마을 어른들이 회의하는 곳까지 무역상을 따라 행진해 갔다. 오터 우먼과 나도 뒤를 따라갔다.

집 앞에서는 큰불을 피우고 춤을 추고 있었다. 블랙 모카신이 환영 인사를 했다. 블랙 모카신은 나를 마을로 데려온 남자에 대한 좋은 말을 했다. 그의 이름은 '투생 샤르보노'였다. 블랙 모카신은 그를 '프랑스 인'이라 불렀다.

샤르보노는 이야기를 하는 동안 내 팔을 붙잡고 있었다. 내가 달아날지도 모른다는 생각을 한 것 같았다. 레드 호크는 자기 아버지 옆에 서 있었지만 두 사람이 나누는 대화를 듣고 있지 않았다. 레드 호크의 두 눈은 샤르보노에게 고정되어 있었다.

레드 호크는 자리를 뜨더니 집 안으로 들어갔다. 대화가 끝날 때쯤, 거드름을 피우며 나와 자기 아버지 옆에 섰다. 레드 호크는 옷을 바꿔 입었다. 조금 전에는 허리에 천을 두르고 코요테 가죽으로 어깨를 덮고 있었으나 지금은 방울 달린 옷을 입고, 곰 발톱으로 목걸이를 하고, 뻣뻣한 고슴도치 털로 무릎을 두르고 있었다.

자기 아버지의 말이 끝나자마자 레드 호크는 나와 샤르보노 사이로 밀치고 들어왔다. 그것은 적대적인 행동이었다. 샤르보노가 뒤로 물러섰다. 샤르보노는 털이 무성한 머리를 낮추고 커다란 어깨를 앞으로 굽히며 레드 호크와 마주 섰다. 눈에서 불빛이 솟았다. 샤르보노는 상처 입은 곰처럼 보였다.

블랙 모카신이 날카로운 목소리로 두 사람을 진정시켰다. 블랙 모카신이 내 팔을 잡고, 사람들을 헤치며 집으로 데려갔다. 나를 불 옆에 앉히고는 들소 가죽으로 어깨를 덮어 주었다. 블랙 모카신이 오랫동안 집을 떠나 있었는데 무슨 일이 있었냐고 물었다. 그 동안 있었던 일들을 이야기했다. 블랙 모카신은 톨 락이나 르 보네는 대수롭지 않게 생각했지만, 투생 샤르보노는 달리 보았다.

"강에서 그를 보았느냐? 네가 그를 불렀느냐?"

"저는 망토를 흔들었어요."

"하지만 위험에 빠진 듯이 소리를 지르거나 행동하지 않았지?"

"네."

"너를 여기로 데려와 달라고 부탁하였느냐?"

"아니요. 마을에 데려다 주기를 원하느냐고 물어서, 전 그렇다고 대답했어요."

나는 블랙 모카신이 무슨 생각을 하는지 알고 있었다. 만약 샤르보노가 나를 위기에서 구하였거나 적에게서 빼앗아 왔다면, 부족 법에 따라 나는 투생 샤르보노의 소유가 되는 것이었다.

"넌 내 아들 블랙 호크와 결혼하거라. 이것으로 결정되었다. 프랑스 인이 어떻게 생각하건 어떤 것을 바라건 그건 상관없다. 그는 너를 해치지 않을 거고, 우리와 거래하는 것만 생각할 거다. 톨 락처럼 너를 데리고 달아나지도 않을 거다."

블랙 모카신은 지팡이로 불을 쑤시고는 내 말을 기다렸다.

너무 혼란스러워 아무 말도 할 수 없었다. 나는 "저는 레드 호크를 좋아하지 않아요. 그와 함께 행복할 거라고 생각하지 않습

니다. 제가 행복하지 않다면 그도 불행할 것입니다."라고 말해
야 했다. 하지만 아직 열다섯 살도 안 된 소녀가 미네타리 추장
에게 그런 말을 할 수는 없었다. 사실 나는 벌떡 일어나 기뻐 어
쩔 줄 몰라 했어야 했다. 소손 사람인 내가, 노예인 내가, 포로인
내가 추장의 아들과 결혼을 하다니, 이 얼마나 큰 행운인가!

"네가 곤란하다는 것은 알겠다. 내 귀가 잘 들리지는 않지만
네 심장이 뛰는 소리를 들을 수 있다. 마음을 가라앉히고 집에
머물러 있어라. 무슨 일이 있어도 저 프랑스 인이 떠날 때까지
나오지 말아라."

"왜요?"

"그는 이랬다저랬다 하는 사람이야."

"그를 믿지 않으시나요?"

"그래. 반은 백인이고, 반은 시욱스 피를 받았지."

"그가 언제 갈까요?"

"다음 달이 떠오르기 전에. 그는 애꾸눈과 거래하러 가지. 애
꾸눈은 우리가 너무 많은 물건을 갖는 것을 바라지 않아."

블랙 모카신은 아내들을 불러 다음 날까지 먹을 것을 주고,
잠자리를 제공해 주며 나를 보살펴 주라고 했다.

"저 아이는 마을 사람들이 있는 곳으로 가서는 안 된다. 잘 지
켜보고 있거라."

나는 블랙 모카신을 따라 문가까지 나와서 바깥을 보았다. 회의장은 사람들로 북적거렸다. 송진 불꽃이 높이 솟구치고, 하늘로 검은 연기가 빙글빙글 올라갔다. 투생 샤르보노와 소녀가 춤을 추고 있었다. 처음 보는 춤이었다. 그들은 개구리처럼 팔짝팔짝 뛰었다.

블랙 모카신이 말했다.

"백인들이 추는 춤이다. 저들은 뱃속에 불을 지르는 독한 술 때문에 저런 춤을 추지. 우리처럼 태양이나 달, 우리들 주변에 있는 위대한 신령들을 위하여 추는 것이 아냐."

투생 샤르보노는 춤을 멈추고 가죽 자루의 끝을 끌러 술을 마셨다.

"이해되지 않는 것이 있어요. 샤르보노가 저에게 해를 끼치지 않을 거라고 말씀하셨죠. 그런데 왜 저는 그가 떠날 때까지 여기 집 안에 있어야 해요? 저는 오랫동안 친구들과 떨어져 있었어요. 친구들과 이야기하고 싶어요."

블랙 모카신이 얼굴을 찌푸렸다. 블랙 모카신은 여자 아이가 질문하는 것에 익숙하지 않았다.

블랙 모카신이 노여움을 참아가면서 말했다.

"프랑스 인은 너를 해치지 않을 것이다. 만일 그랬다가는 그는 죽게 될 것이니까. 하지만 네가 마을로 걸어 나가면 틀림없이 그와 내 아들이 문제를 일으킬 것이야. 적어도 나쁜 감정을 갖게 되지. 그리고 나는 나쁜 감정을 원하지 않아. 프랑스 인이 다시 오기를 원해. 우리 부족 사람들은 프랑스 인과 거래하기를 바라지. 네가 안 보이면 금방 너를 잊을 거야. 늘 그래 왔어."

투생 샤르보노가 다시 춤을 추었다. 이번에는 미네타리족에서 가장 예쁜, 내 친구 '라이트닝 인 허 헤어(Lightning In Her Hair, 머리털 속의 번개)'와 춤을 추었다. 샤르보노는 춤을 추며 이리 뛰고 저리 뛰었고 친구도 뛰었다. 친구는 행복해 보였다. 불빛이 샤르보노의 덥수룩한 얼굴에 번쩍거렸다. 샤르보노는 여전히 상처 입은 곰처럼 보였다.

"기꺼이 집 안에 앉아 있겠어. 다시는 저 사람을 보고 싶지 않아."

나는 혼자 중얼거렸다.

다음 날 투생 샤르보노는 온종일 거래를 했다. 모카신의 아내들은 거래 장소에서 반짝반짝 빛나는 작은 칼, 요리할 때 쓰는 솥, 긴 바늘 세 개, 옷을 네 벌 만들기에 충분한 옷감 등을 가져왔다.

투생 샤르보노가 기분 좋아 보였다고 여자들이 전해 주었다. 투생 샤르보노는 누구에게든지 농담을 했고, 가죽 자루에 담긴 술을 마셨고, 사람들이 모르는 노래를 불렀다. 하지만 나에 대한 말은 한 마디도 없었다.

다음 날 오후, 블랙 모카신이 투생 샤르보노의 말을 전해 주었다. 블랙 모카신이 불 옆에 앉을 때 좋지 않은 소식이라는 느낌이 들었다.

"일이 잘못되어도 우리를 탓하지 말아라. 네가 내 아들과 결혼하는 것이 아니라, 프랑스 인과 결혼하게 된다 해도."

나는 사슴 가죽 옷을 꿰매고 있었다. 바느질을 멈추고 블랙 모카신을 뚫어지게 바라보았다.

"프랑스 인은 너와 레드 호크가 결혼할 것이라는 소리를 듣자 화를 냈어. 그는 허리춤에 차고 있던 칼을 꺼내어 공중에 휘둘렀지. 마을 사람들을 위협하면서 말이야. 나를 사납게 노려봤어. 난 그 결혼이 그가 오기 오래 전에 이미 성사된 것이라고 말했어. 프랑스 인은 자기가 구해 주었을 때 너는 겨울 추위에 죽어 가고 있었다고 말하더군. 내게 왜 너를 찾으러 다니지 않았느냐고 물었어. 왜 아무도 너를 구해 주지 않았느냐고 말이야."

나는 벌떡 일어났다.

"그가 저를 발견했을 때, 저는 죽어 가고 있지 않았어요. 저는 음식과 잠자리가 있었고, 불도 피우고 있었어요. 조금만 더 있었으면 강물이 꽁꽁 얼어붙어 걸어 나올 수 있었어요."

"네가 말한 것은 사실이다. 하지만 그에게는 사실이 아냐. 그가 죽어 가는 너를 살려 준 거야. 그러니까 너는 그 사람 것이야. 화살에 맞아 상처 입은 짐승을 발견한 것과 마찬가지지."

"그렇지 않아요. 투생 샤르보노가 저를 발견했을 때 저는 상처 입은 짐승이 아니었어요. 지금도 상처 입은 짐승이 아니고요."

블랙 모카신이 나를 똑바로 바라보았다. 블랙 모카신은 자기 판단이 의심받는 것에 불쾌해했다. 내가 감히 그런 말을 하는 것이 기분 나빴다. 내 운명이 이미 결정되었다는 강한 느낌이 들었다. 내 느낌이 어떻든지 간에 샤르보노와 결혼할 운명이었다.

존엄한 법만 문제가 되는 게 아니었다. 샤르보노는 무역상이기에 그와 맺은 우정도 부족에게 매우 중요했다. 샤르보노가 푸대접을 받았다고 느끼고 화가 나서 마을을 떠나서는 안 되었다.

"마음의 여유를 가져라. 나도 그럴 것이다. 내게 좋은 계획이 있다. 핸드 게임이라는 것을 해 본 적이 있느냐?"

"네, 소손족 아이들은 그 놀이를 합니다."

"메타하타에서는 그것을 재미로 하지 않는다. 분쟁을 해결하기 위해서 하지. 예를 들면, 여러 화살 중에서 들소를 죽인 화살이 누구의 것인가 결정을 내려야 할 때 하지. 세 명이 내기를 한다. 투생 샤르보노와 레드 호크와 르 보네 모두 너에 대한 권리를 주장한다."

"르 보네요?"

나는 놀랐다.

"그 사람이 무슨 권리가 있죠?"

"르 보네는 자기가 깡패 같은 톨 락한테서 너를 데려와 보호해 주었다고 말한다. 네가 달아나 숨었다고 말하더군. 그의 히닷사 마을에서 이건 범죄야. 그 대가는 사형이지. 네가 나에게 말한 모든 것을 들어 보면 넌 르 보네에게서 달아나 숨은 거야."

"르 보네는 잔인한 사람이에요. 추장님도 그런 말을 하셨죠. 왜 그의 말을 듣죠?"

"그가 나보다 더 강력한 마을을 다스리고 있기 때문이지. 나는 애꾸눈과 그의 마을에 대항할 수가 없어. 그들은 우리 미네타리보다 두 배나 강해."

심장이 멈추는 듯했다.

"만일 레드 호크가 내기에서 지면, 저는 샤르보노나 르 보네에게 가나요?"

"그것이 규칙이다. 이제 다른 건 없다. 하지만 레드 호크는 지지 않을 것이다. 그는 절대로 지지 않는다. 그는 항상 이긴다."

심장이 다시 뛰기 시작했다.

"왜 레드 호크는 절대 지지 않죠?"

"우리 마을을 지켜 주시는 위대한 신령님께서 항상 그를 도와

주시지. 신령님이 살과 뼈를 꿰뚫어 볼 수 있도록 도와 주신다. 그는 상대방 손안에 있는 것을 볼 수 있어. 불 옆에서 환하게 들여다보듯이 분명하게 볼 수 있지. 달 표시가 새겨진 과일 씨앗과 그렇지 않은 씨앗을 구별해 내지."

"샤르보노와 르 보네는 레드 호크가 결코 지지 않는다는 것을 아나요?"

"그들이 안다면, 내기를 하지 않지."

"내기는 언제 하나요?"

"오늘 밤이 레드 호크에게 가장 좋다. 그의 신령님은 낮보다 밤에 더 잘 보거든. 레드 호크는 밤에 내기를 하면 절대로 지지 않아. 오늘 밤은 달이 그림자를 드리울 테니 내기하기에 좋은 밤이지."

블랙 모카신이 자리를 떴다. 나는 나의 수호신에게 이야기를 하려 마을로 들어갔지만 조용한 곳을 찾을 수가 없었다. 하늘에 있는 나의 수호신을 볼 수가 없었다. 하지만 나의 수호신도 하늘에서 밤이 오기를 기다리고 있었다. 나는 침대로 가서 누워 기다렸다.

9장

나를 차지한
투생 샤르보노

밤이 천천히 왔다. 지붕 구멍으로 밤 그림자와 희미한 첫 별이 보였다. 블랙 모카신이 나를 부르러 사람을 보냈다. 블랙 모카신의 아내들은 버드나무 가지로 불을 피우고 있었고, 블랙 모카신은 무거운 곰 망토를 걸치고 불가에 앉아 있었다.

블랙 모카신이 블루 스카이에게 말했다.

"너는 볼 수 있지만 네 모습이 눈에 띄지 않는 곳을 찾아라. 사카가와는 절대로 여기 있어서는 안 된다. 하지만 다른 곳에 있는 것보다는 여기에 있는 것이 낫겠다. 불빛이 없는 곳에 사카가와를 세워 두어라. 그리고 잘 지켜보거라. 만약 내기가 잘못되어 사카가와가 달아나려 한다면 막아야 한다."

나는 미네타리 법과 소손 법을 모두 어기며 큰 소리로 말했다.

"레드 호크는 절대로 핸드 게임에서 지지 않는다고 말씀하셨잖아요."

"그랬다. 지금 다시 말하겠다. 레드 호크는 핸드 게임에서 절대로 지지 않는다."

블랙 모카신이 나를 날카롭게 바라보고는 아내에게 말했다.

"저 아이를 데려가라. 사람들로 문 앞이 소란스럽다."

북소리와 여러 사람들의 고함소리가 밖에서 들렸다. 투생 샤르보노가 갑자기 들어오고 르 보네와 그의 부하들이 뒤따라 들어오자 집 안에 돌풍이 불었다. 블랙 모카신이 자기 앞에 펼쳐진 담요를 가리키며 앉으라고 했다.

얼굴에 얼룩과 소용돌이 모양을 칠한 르 보네와 그의 부하들이 담요 한쪽 끝에 앉았다. 샤르보노는 다른 한쪽 끝에 앉았다. 나는 르 보네 얼굴을 볼 수 없었다. 머리털이 얼굴을 덮고, 검은 커튼처럼 가슴까지 드리워져 있었기 때문이다. 레드 호크가 들어왔다. 그는 웃음을 지으며 가운데 앉았다.

내가 레드 호크 어머니에게 말했다.

"레드 호크가 행복해 보여요."

"그는 위대한 신령님께 말하는 것이란다."

"위대한 신령님께서 들으시나요?"

"그분은 항상 레드 호크의 말을 들어 주시지."

다른 아내들이 노래를 부르기 시작했고, 열두 아이들이 사슴 뼈로 만든 방울을 흔들며 따라 불렀다. 밖에서는 전사들이 큰 소리로 합창을 했다. 블랙 모카신이 엄숙한 소리로 규칙을 설명했다.

이 곳 규칙도 내가 태어난 곳의 규칙과 똑같았다. 단지 뼈 대신 자두 씨를 사용하는 것만 달랐다. 하나는 문질러서 매끈매끈했고 다른 하나는 작은 홈을 파 노랑과 파랑 색을 입혔다.

내기는 단순했다. 홈이 파진 씨를 숨기는 것이다. 참가자는 서 있을 수도 있고, 손과 몸을 움직일 수도 있다. 동작을 다 취하고 나면 꼭 쥔 주먹을 담요 위에 놓는다. 상대방은 색칠한 자두 씨 쥔 손을 선택해야 한다. 점수는 추장이 매기고, 승자는 네 번, 모든 부족들에게 신비의 숫자인 네 번을 제대로 맞추는 것이다.

샤르보노가 술 단지를 건넸다. 르 보네는 마셨지만 레드 호크는 거절했다. 레드 호크는 무릎을 일으켜 일어나서 자두 씨 두 알을 아버지한테서 받았다. 그것을 공중으로 던졌다가 한 손으로 잡고는 두 손으로 감싸 흔들었다. 그리고 나서 두 주먹을 샤르보노 앞에 있는 담요 위에 놓았다.

샤르보노는 기다란 두 엄지손가락으로 레드 호크 주먹을 세게 눌렀다. 샤르보노는 숨긴 씨를 찾고 있었다. 레드 호크가 샤르보노에게 물었다.

"전에도 이 내기를 해 본 적이 있나?"

"자주 해 봤지. 자네보다 더 많이 해 봤을걸."

"그렇게 잘 안다면, 이리 세게 누르지 말게. 씨가 부서지겠어."

샤르보노는 아무 말도 하지 않고 엄지손가락을 치웠다. 샤르보노는 좁은 머리를 들이밀었다. 샤르보노는 움켜진 두 손을 노려보다가 손으로 가리키며 "이쪽." 하고 말했다. 레드 호크가 천천히 주먹을 펴 보였다. 손바닥 위엔 아무것도 없었다.

"제기랄."

샤르보노는 단지에 담긴 술을 마신 다음 목을 두르고 있던 목도리로 입을 닦았다.

"다른 손을 보여야지."

레드 호크가 주먹을 폈다. 자두 씨 두 알이 있었다. 샤르보노는 눈을 비비고, 그 씨를 집어들더니 발 아래로 던졌다. 샤르보노는 두 손을 머리 위로 올리더니, 코요테처럼 울부짖고 오리같이 꽥꽥거렸다. 그리고는 두 손을 르 보네의 매부리코 가까이 내밀었다.

히닷사 미네타리의 추장은 볼 수 있는 한쪽 눈을 감았다. 추장은 다른 한쪽 눈을 뜨고 색칠한 자두 씨 쥔 손을 골랐다.

전사 한 명이 지붕 위에 앉아 연기 구멍으로 지켜보고 있었다. 전사는 문가에 있는 여러 전사들에게 자신들의 위대한 추장이 이겼다고 소리쳤다. 환호성이 들려왔다. 하지만 르 보네는 쓴웃음을 짓고 있었다. 르 보네는 집 안에 들어선 순간부터 감정이 좋지 않았다. 이미 자신이 모든 소유권을 가진 여자 노예를 두고 내기를 한다는 것이 자존심 상하는 일이었다.

르 보네 입이 비틀어지는 것이 보였다. 블루 스카이가 얼른 말했다.

"위대한 신령님은 저 사람을 좋아하지 않아. 저 사람은 결코 내기를 이길 수 없어."

"그래도 이기면 어쩌죠?"

"내가 너를 소손족 마을에 있는 집까지 데려다 주겠다. 저 사람은 절대로 너를 찾지 못할 거야."

르 보네가 마치 뜨거운 돌을 집듯이 단번에 자두 씨를 조심스럽게 집어들었다. 르 보네는 씨를 흔들지 않았다. 눈앞에 손을 펴더니 오랫동안 바라보았다.

르 보네가 레드 호크에게 말했다.

"골라라, 그리고 프랑스 인처럼 발을 움직이지 마라. 화살 열 발을 맞은 들소 같단 말이야. 발을 움직이는 건 규칙을 어기는 거야."

레드 호크는 한번 생각해 보고는 오른손을 골랐다. 색깔 입힌 씨가 있는 손이었다. 그러자 아내들의 노랫소리가 더욱 커졌고, 아이들은 사슴뼈 방울을 흔들며 이리저리 춤을 추었다. 레드 호크는 내가 보고 있다는 것을 확신하고 있는 것 같았다. 나는 신호를 해 주고 웃음을 지었다. 하지만 레드 호크는 나에게 웃음을 보내지 않았다.

레드 호크 어머니가 말했다.

"내 아들은 너를 좋아한다. 하지만 지금은 내기에 몰두하고 있어. 내기가 끝날 때까진 웃을 수가 없단다."

바람이 꼬리를 물고 집 둘레를 휘돌았다. 바람이 연기 구멍을 통하여 내려왔다. 블랙 모카신은 아내들에게 지붕 위로 올라가 구멍을 담요로 덮으라고 했다.

샤르보노가 다음 내기와 그 다음 내기에서 이겼다. 르 보네도 다음 내기에서 이겼다. 블랙 모카신이 점수를 매겼다. 샤르보노가 2점, 르 보네가 2점, 레드 호크가 1점을 기록하고 있었다. 샤르보노 차례가 되었다.

샤르보노는 전처럼 별난 행동을 하였다. 또 이상한 짓을 했다. 손을 깔고 앉더니 늑대처럼 짖어 대다가 들소 같은 소리로 울부짖었다. 레드 호크는 신음소리를 냈다. 샤르보노는 울부짖으며 이상한 동작을 끝내고 손을 내밀어 고르라고 했다.

"자두 씨는 남아 있지 않아. 당신이 다 닳게 했잖아, 프랑스
인."

그 말은 분명히 농담이었다. 하지만 샤르보노는 그렇게 받아
들이지 않았다. 레드 호크를 노려보다가 허리에 찬 칼에 손을 갖
다 대었다. 그 순간 나는 샤르보노가 정말로 칼을 사용할 작정이
라고 생각했다. 하지만 샤르보노는 소리만 질렀다.

"골라라. 더는 말이 필요 없다. 군소리는 귓가에 벌레가 기어
다니는 것 같아."

블루 스카이가 말했다.

"프랑스 인은 성질이 사나워. 어떤 때는 지나쳐서 문제를 일
으키지."

레드 호크는 색깔 있는 씨를 찾지 않고 기다리며 혼잣말을 했
다.

내 심장 뛰는 소리가 더욱 커졌다. 블루 스카이는 팔로 나를
감싸고 있으니 심장이 두근거리는 것을 들었을 것이다.

"위대한 신령님께 말하는 거야. 레드 호크는 현명하게 선택할
거야."

하지만 레드 호크의 선택은 현명하지 못했다. 이제 내기가 빠
르게 진행되었다. 르 보네가 자두 씨를 잡고 투생 샤르보노한테
졌다. 다시 레드 호크 차례가 되었고 샤르보노는 이제 한 번만

더 맞히면 이기는 것이다.

레드 호크는 팔을 뻗어 멀리 떨어져 있는 것을 잡으려 했지만 씨 하나가 미끄러져 담요 위로 떨어졌다. 나와 블루 스카이는 불길한 징조라고 생각했다. 블루 스카이는 내 손을 꼭 잡았다.

샤르보노가 레드 호크에게 술 단지를 건네 주며 말했다.

"네 손이 거위처럼 날아다니는구나. 자, 마셔라! 마셔, 친구, 응?"

레드 호크는 전에는 마시라고 해도 술 단지에 손도 대지 않았다. 지금은 두 차례나 쭉 들이켜고 나서 샤르보노에게 다시 건넸다. 샤르보노는 마시지 않고 내려놓았다.

블루 스카이가 말했다.

"저건 어리석은 짓이야. 저러면 안 돼."

레드 호크는 일어서서 머리 위로 자두 씨를 잡고 몸을 이리저리 흔들었다. 그리고는 샤르보노가 했던 행동과 똑같이 두 무릎 사이와 바깥 둘레로 자두 씨를 돌렸다. 블루 스카이는 내 어깨를 잡았던 손으로 자기 입을 막았다. 밖은 조용했다. 다만 연기 구멍에 있던 남자만 문가에 있는 사람들에게 소리쳤다.

르 보네는 일어나서 블랙 모카신에게 인사를 하고 말없이 집을 나섰다. 르 보네는 문을 쾅 닫으며 나갔다. 잠시 동안 고함소리가 울렸고, 문과 지붕에 돌이 부딪치는 소리가 들렸다.

샤르보노가 불빛에 부신 눈을 가리며 나를 뚫어지게 보았다. 얼굴을 가린 털 때문에 잘 보이지는 않았지만 입술을 움직이며 웃고 있다는 생각이 들었다. 나는 웃지 않았다.

레드 호크는 아주 조용히 몸을 당겨 꽉 쥔 두 손을 샤르보노 앞에 있는 담요 위에 올려놓았다. 샤르보노가 손으로 눈부심을 가리며 나를 슬쩍 바라보았다. 샤르보노는 내가 지켜보고 있다는 것을 확인하는 것 같았다.

샤르보노는 과장된 몸짓으로, 엄지손가락을 오른손 위에 올려놓았다. 레드 호크가 손을 펴지 않자 곰 발처럼 큰 손으로 억지로 폈다. 레드 호크 손에는 색깔 있는 씨가 있었다.

샤르보노는 일어나 기지개를 켰다. 덥수룩한 얼굴이 연기 속에서 어렴풋이 보였다. 블루 스카이가 내 팔을 잡고 데려가며 말했다.

"쉽게 놓아주지 않을 거야."

10장

원치 않은 결혼

샤르보노가 새벽이 되자마자 나를 데리러 왔다. 눈이 내리고 바람이 불고 있었지만, 블루 스카이는 우리가 식사가 끝날 때까지 문밖에서 기다리라고 했다. 샤르보노는 나중에 들어와서 블루 스카이와 이야기하려 하지 않고 블랙 모카신을 찾았다.

블루 스카이가 말했다.

"주무십니다."

"기다리겠소."

"어떤 때는 하루 종일 주무십니다."

"기다리겠소."

"겨울에는 이틀 동안도 주무십니다. 무슨 말을 하시렵니까?"

"저 아이."

샤르보노가 나를 가리켰다. 샤르보노는 어젯밤에 블루 스카이가 나를 데려가자 화가 났고, 지금도 화가 났지만 분노를 참아가며 말했다.

"이제 겨울입니다. 르 보네와 무역을 하고 눈이 녹으면 오세요. 그 동안 당신 아내들이 지낼 수 있는 좋은 집을 지을 수 있습니다."

"나는 장사를 하오. 내겐 정착할 집이 필요 없소. 이 마을 저마을로 떠돌아다니죠. 이 강에서 저 멀리 있는 강까지 돌아다니오."

"압니다. 그래서 눈이 없을 때 다시 오시라는 겁니다."

샤로보노 눈이 살기를 띠며 번쩍였다.

"왜 이런 저런 말이 많은 거요. 저 애는 내 거요. 저 애……. 그런데 이름이 뭐지?"

"사카가와."

"사카가와? 무슨 뜻이오?"

"새 소녀. 새 여인."

"허! 새 소녀가 좋겠군. 새 여인은 마음에 안 들어. 새 소녀가좋아."

우리는 집 안 불가에 옹기종기 모여 있었다. 블랙 모카신이 들어와 앉았다. 평소에는 블루 스카이가 집안일을 결정했지만, 이번에는 블랙 모카신이 큰 소리를 냈다.

"결론을 내립시다, 샤르보노. 이제 가시오. 봄이 오면 다시 이야기합시다."

늙은 추장 앞에 서 있는 샤르보노가 사냥용 칼을 만지작거렸다. 내가 아는 한 샤르보노는 화가 날 때마다 칼에 손을 대었다. 늙은 추장이 엄숙하게 샤르보노를 바라보았다.

나는 투생 샤르보노와 결혼하고 싶지 않았다. 샤르보노를 보면 겁이 났다. 가늘고 긴 머리털, 검은 수염, 손등에 있는 검은 털 뭉치, 육중하게 움직이는 걸음걸이, 떡 벌어진 어깨를 보면 들소나 곰이 떠올랐다.

샤르보노가 우리 강가로 왔을 때부터 이런 말을 블루 스카이에게 했다. 잠시 후 블루 스카이가 샤르보노에게 말했다.

"당신이 없는 동안 우리는 당신과 당신 아내들이 살 수 있게 좋은 집을 지어 놓을 것입니다. 바닥에는 영양 가죽과 곰 가죽이 깔릴 겁니다. 대가족이 살기에 충분한 매우 큰 집이죠."

"큰 집을 바라지 않소. 나는 강을 따라 내려가 세인트루이스라는 큰 도시로 가오. 거기서 시욱스족, 아이오와족, 키카푸족들과 교역을 하지요. 또 북쪽으로 가서 다코타족, 오지베이족, 아시니보닌족 들과도 교역을 하지요. 교역을 많이 하기 때문에 집에 머무를 필요가 없소."

"당신은 머물러 있을 필요가 없습니다. 당신은 남쪽이든 북쪽이든 어디라도 돌아다니지만 당신이 없을 때, 당신 아내가 된 사카가와는 집에서 안전하게 머무를 것입니다. 이 아이는 메타하타 마을에서 당신을 위한 가정을 꾸밀 것입니다."

투생 샤르보노가 두 손을 머리 위로 들어올려 머리털을 움켜쥐고 성난 소리로 말했다.

"나 샤르보노는 아내가 있는 집으로 오고 싶지 않소. 아내들을 데리고 다니고 싶단 말이오."

"당신은 우리 적인 시욱스족과 장사를 하지요. 물론 아시니보닌족도 적이지. 이 소녀가 원하지 않는 한 적들 속으로 데려갈 수 없어요."

블루 스카이는 나를 돌아보며 대답했다. 블루 스카이는 내 눈에서 대답을 읽고 있었다. 나와 내가 낳을지도 모르는 자식들에게 가해질 적대적인 부족들의 위협, 심지어는 죽을지도 모른다는 두려움, 새 집과 친구들에 대한 강렬한 그리움. 이들을 떠나면 얼마나 슬플 것인가! 거의 알지도 못하는 남자와 결혼한다는 두려움, 이 모든 것을 블루 스카이는 내 눈에서 읽고 있었다.

블루 스카이가 샤르보노에게 말했다.

"당신은 사카가와를 가질 권리가 있습니다. 내기에서 이겼기 때문에 이 아이와 결혼할 수는 있지만, 이 마을에서 데려갈 수는 없습니다."

샤르보노가 다시 머리털을 쥐어뜯기 시작했다.

"나는 이런 말을 블랙 모카신에게도 말했고 스스로도 다짐했습니다."

샤르보노는 블루 스카이와 맞서 이길 수 없다는 것을 순간적으로 느꼈다. 머리에서 손을 떼고 애써 웃으려 했다.

"결혼식은 언제요? 지금 하는 것이 좋겠소."

"엿새 뒤입니다."

"그건 안 되오."

"엿새 뒤입니다."

샤르보노가 갑자기 내게 다가왔다. 나는 얼른 뒤로 물러섰다. 우리는 샤르보노를 뒤로하고 가려 했다. 샤르보노는 뒤에서 프랑스 말과 미네타리 말을 섞어 가며 소리쳤지만, 블루 스카이는 뒤도 돌아보지 않았다.

집 안에 들어와서 블루 스카이가 말했다.

"저 샤르보노는 야생 동물이라서 길들일 필요가 있어. 너는 그를 길들일 수가 없으니 내가 도와 주마. 오래 전에 블랙 모카신도 사나웠지, 비록 이 정도는 아니었지만 말이야. 지금의 블랙 모카신을 봐라, 얼마나 부드러워졌는지. 그래, 내가 너를 도와줄 필요가 있어."

"그가 갈 때까지 저를 숨겨 주세요. 오랫동안 나가 있을 것이고, 그러는 동안 다른 여자를 만나서 저를 잊을 거예요."

블루 스카이는 고개를 가로저었다.

"그렇게 되면 너나 우리에게 많은 말썽을 일으킬 거야. 너한테 마음을 정했어. 잊지 않을 거다."

"저는 숨을 수 있고 달아날 수 있어요."

"샤르보노는 네가 어디를 가든 찾아낼 거야. 만일 네가 그의 아내이면서 달아난다면, 그 사람은 우리 법에 따라 너를 죽일 수 있는 권리를 가져. 너는 그의 아내가 아니라 노예야, 그래서 너에게 벌을 줄 권리가 있지. 우리 부족 추장 중에 '트루 애로우 (True Arrow, 정확한 화살)' 라는 사람이 노예를 갖고 있었는데 그 여자가 달아났다가 붙잡혔어. 추장은 그 여자의 귀와 코를 잘랐어. 그것이 미네타리족 법이야."

"샤르보노는 미네타리가 아니에요."

"하지만 너는 미네타리다. 그와 좋은 가정을 꾸리거라. 만약 그가 네가 꾸린 가정을 싫어하면, 그때 가서 투생 샤르보노를 저버리거라. 어쩔 수 없지 않니?"

11장

어깨에 내린 무거운 짐

결혼식은 고향에서 하는 것처럼 오래 걸리지 않았다. 고향에서 오빠가 결혼할 때는 준비만도 이틀이 걸렸다.

결혼식은 이렇게 치렀다. 오빠가 아버지에게 결혼을 하고 싶다고 말했다. 아버지는 오빠가 사리를 분별할 나이가 되었다고 생각하고, "결혼을 하거라." 하고 말씀하셨다. 하지만 그 자리에서 이런 답변을 들을 수는 없었다.

먼저 어머니와 아버지는 오빠가 선택한 여자의 가족을 만나러 갔다. 부모님은 영양 가죽 담요, 햇볕에 말린 들소 가죽, 흰 말, 안장과 같은 것을 선물했다. 그 선물은 즉시 주는 것이 아니었다. 자신들이 떠나고 난 뒤에 신부 가족이 집 밖에서 찾도록 남겨 두어, 깜짝 놀랄 만한 선물이 되도록 하는 것이다.

부모님은 예비 신부 부모님과 오랫동안 이야기했다. 여자 집을 나서기 바로 전에 아들이 결혼하고 싶어한다는 말을 남겼다.

여자 집에서 허락을 했다. 그러고 나서 그들은 딸에게 모든 것을 이야기해 주었다. 여자는 집 안에서 내내 앉아 있었기 때문에 이미 마음먹고 있었다. 만일 그 여자가 오빠가 마음에 들지 않았다면, 그 여자 가족은 선물을 되돌려 주었을 것이다.

하지만 그 여자도 오빠가 좋았다. 그래서 그 집에서도 며칠 동안 선물을 준비했는데, 자신들이 받았던 것보다 더 많이 준비했다. 말 한 필 대신 두 필을 준비하고, 여자는 가장 좋은 옷을 입고 우리 집까지 말을 타고 왔다. 언니와 나는 밖에서 그들을 맞이했고, 아버지와 어머니는 집 안에서 맞이했다. 그 순간부터 그 여자는 우리 오빠와 부부가 되는 것이었다.

나와 투생 샤르보노 사이에는 그런 만남이 없었다. 가족끼리 친근한 대화도 선물도 없었다. 블루 스카이가 선포했듯이, 투생 샤르보노와 나는 블루 스카이가 우리를 위해서 지어준 집에 있는 불 앞에서 엿새 뒤에 결혼을 했다. 블루 스카이는 왔지만 레드 호크와 블랙 모카신은 오지 않았다.

샤르보노의 첫째 아내는 사슴고기를 불에 구웠다. 그 여자는 마음이 편치 않았지만 웃음을 잃지 않고 손님들에게 음식을 대접했다.

샤르보노의 첫째 아내는 오랫동안 마음이 불편하지는 않았다. 이틀이 지나자 그 여자와 샤르보노는 르 보네 마을로 장사를 하러 떠났다. 나는 카누에 짐을 싣는 그 여자를 도와주었다.

샤르보노가 나를 안고서 인형처럼 돌렸다. 샤르보노는 "항상 몸조심해라." 하며 덥수룩한 얼굴을 내 뺨에 문질렀다. 오터 우먼이 수줍어하며 나를 만졌다. 몸짓에서 그 여자가 무슨 생각을 하는지 알 수 있었다. 오터 우먼은 나쁜 사람의 전부가 되는 것보다는 좋은 사람의 일부가 되는 것이 더 좋다고 생각한 것이었다. 나는 그들이 강을 따라 올라가는 것을 지켜보았다. 아무런 느낌이 없었다.

다음 날, 블루 스카이가 집에 와서 그들이 없는 동안 여기서 살라고 했다.

"집 안이 따뜻하구나. 음식을 혼자 먹지 마라. 네게는 우리가 있어. 혼자 보내는 밤은 길다."

"매일 가서 함께 먹겠어요."

나는 블루 스카이와 농담을 하고 있을 뿐이었다. 나는 이미 투생 샤르보노와 결혼을 한 몸이었다. 미네타리 법에 따라 샤르보노 아내였다. 그것은 나의 수호신이 내 어깨에 지어준 짐이었다. 이 모든 것이 내 의지나 희망과는 전혀 상관없이 이루어진 것이었다. 그렇지만 그 짐은 내가 떠안고 가야 하는 것이었다.

모든 것이 충분했다. 불 피울 나무, 말린 고기와 옥수수, 사슴 가죽 네 장과 긴 힘줄이 있었다. 며칠 동안 가죽신과 갈아입을 옷을 만들었다. 가죽신은 블루 스카이를 보러 갈 때 필요했다.

나는 내게 있었던 일과 내가 가끔씩 다르게 느끼는 것들에 대해 말했다. 블루 스카이는 나를 자기 침대에 눕히고 내 배를 위아래로 또는 빙글빙글 돌리며 쓸어 주었다. 블루 스카이가 웃으며 말했다.

"이제 곧 엄마가 될 거야."

"언제요?"

"금방 되지."

"눈 내릴 때요?"

"그 뒤에."

"얼마나 기다려야 해요?"

"여러 달 있어야 해."

"어떻게 해야 하죠?"

"가서 네 물건을 가져와 여기 앉아서 아기 옷을 만들어. 요람도 필요할 거야. 우리가 향나무를 찾아 베어 올 때까지 기다려. 보이닥나무도 좋지만 우리 강가에는 없어."

나는 지금까지 잘 지내왔던 내 집에 있고 싶었다. 하지만 블루 스카이가 큰 집으로 오라고 했다. 그 날 집을 옮겼다. 해 질 녘까지 블루 스카이는 다람쥐 가죽으로 내게 줄 담요를 만들고 있었다.

며칠 후, 두 남자가 작은 향나무를 가져와 내가 작업할 수 있도록 세 도막으로 쪼개 주었다. 나는 아기 요람을 만들어 보지도 않았고, 남이 하는 것을 본 적도 없어서 블루 스카이가 시범을 보여 주었다.

블루 스카이는 예전에 샤르보노한테 구한 날카로운 칼을 주며 나무를 팔 길이와 손바닥 넓이로 깎으라고 했다. 향나무는 부드럽지만 튼튼한 나무였다. 내가 깎는 속도가 느렸기 때문에 한 도막만 던져 주었다.

"제가 보기엔 좋은 것 같아요."

"내가 보기엔 구부러진 것 같아. 요람이 구부러지면 아기 다리도 구부러져."

"어렸을 때 들소 가죽으로 만든 요람이 있었어요. 저는 그 곳이 좋아서 엄마가 꺼낼 때마다 울었어요."

"요람을 쓰려면 여러 달 있어야 해. 다른 아기 물건을 준비하자. 다람쥐 담요, 안에 털 있는 신발, 옷으로 입힐 깃털, 귀까지 내려오는 모자, 사슴뼈로 만드는 방울 말이야. 방울은 아기가 삼키지 못할 만큼 커야 해."

나는 부끄러웠지만 블루 스카이의 충고를 받아들이지 않고 고집스럽게 요람을 만들었다. 구부러진 것을 치우고 새 나무로 제대로 깎았다. 세 도막을 잘 다듬어, 끝 부분을 질긴 가죽으로 단단하게 묶었다. 부드러운 사슴 가죽을 휘어진 생가죽과 향나무 위에 펼쳐 밑에서 묶었다. 부드러운 토끼털을 요람 위에 깔았다.

블루 스카이가 요람을 올려보고 돌려보며 말했다.

"잘했어. 끝에 있는 생가죽이 잘 휘어졌어, 튼튼하기도 하고. 매달려 있던 요람이 떨어지면 땅에서 굴러갈 거야."

온갖 장식을 다 해 보았기에 장식을 할 땐 충고가 필요 없었다. 블루 스카이가 고슴도치 가죽을 건넸다. 가장 긴 것 네 장을 골라 다음 날까지 물에 담가 놓았다. 가죽을 이로 물어 리본처럼 납작하게 펼쳐서 요람 양쪽에 두 장씩 꿰었다. 하얗고 검은 고슴도치 털에 금성과 흰 구름도 그려 넣었다.

"아름답구나. 좋은 징조야. 예쁜 아기를 낳을 거야. 너는 예쁘고 투생 샤르보노는 못생겼지만 예쁜 아기를 낳을 거야."

"언제요?"

"곧 낳을 거야."

"제 수호신이 알려줄까요?"

"그래. 그분이 네 귓가에서 또렷한 목소리로 생생하게 알려주

실 거다."

"투생 샤르보노가 돌아와서 뚱뚱한 몸으로 걸어다니는 저를 보면 뭐라 할까요?"

"내가 아는 그 사람은, 너를 노려보고 턱수염을 뽑으며 투덜거릴 거다. 그리고 이런 말을 하겠지. '아기 요람을 들고 어떻게 강을 오르내리며 장사를 해먹겠어?'라고."

그 말 그대로였다. 투생 샤르보노가 가을에 돌아왔을 때 그런 행동과 말을 했다. 아니 더했다.

블루 스카이가 집 안에서 부드러운 영양 가죽으로 가죽신을 만드는 나를 거들어 주고 있었다. 투생 샤르보노가 나를 노려보고 머리를 흔들었다. 헝클어진 머리털 사이로 눈을 가늘게 뜨고 보았다.

"난 멀리 다녀왔어. 세인트루이스라는 아주 큰 도시지. 많이 팔고 많이 샀어. 자, 이리 와. 아가야, 내 아들아."

블루 스카이가 말했다.

"딸일 거예요. 예쁜 딸일 거예요."

"예쁘든 못생겼든 딸은 싫어. 아들이어야지. 장 바티트라고 부를 거야."

오터 우먼이 끼어들었다.

"브레이브 레이번이라 불러요. 우리 아버지 이름이 브레이브

레이번이거든요."

투생 샤르보노가 오터 우먼을 못마땅하다는 듯이 바라보며
말했다.

"장 바티트 샤르보노야."

12장

^백인들과의 첫 만남

샤르보노와 오터 우먼이 돌아왔을 때, 한 남자와 한 여자도 따라왔다. 남자는 자기 이름이 '레네 제솜'이라 했다. 샤르보노는 우리에게 제솜이 진실한 사람이니 그 사람 말을 믿으라고 했다.

제솜은 미네타리 말에 내가 알아듣지 못하는 언어를 섞어 가며 이야기했다. 그 언어는 아시니보 말 같았다. 나는 제솜 말을 제대로 이해하지 못했다. 많은 백인들이 세인트루이스라는 도시에서 배를 타고 강을 따라 올라오고 있다는 것을 알게 되었다. 백인들이 타고 온 배 중에는 블랙 모카신 집의 절반이나 되는 것도 있었다.

모두들 숨을 죽이고 제솜의 말을 들었다. 제솜이 말을 끝내자 사람들은 웅성거리며 여러 가지를 물어보았다. 제솜은 어깨를 으쓱거리며 더 아는 것이 없다고 했다.

샤르보노는 큰 배를 타고 강으로 올라오는 백인들의 숫자를 세었다. 양손을 세 번 치켜든 다음 한 손을 치켜들었다. 그리고 "좋은 친구들이야."라고 말했다.

블랙 모카신은 강에서도 볼 수 있도록, 마을 앞쪽에 있는 절벽 위에서 불을 피웠다. 불은 끊임없이 타올랐다. 망 보는 사람들은 불 옆에 서서 백인들이 배를 타고 오는지 살폈다. 기러기가 처음으로 북쪽에서 날아왔을 때 백인들이 왔다.

망꾼들이 소식을 전해 주자 우리들은 모두 절벽으로 달려갔다. 제솜이 말해 주었던 큰 배가 눈에 들어왔다. 배는 물안개를 뚫고 천천히 모습을 드러내었다. 마치 큼직한 새가 은빛 날개를 펼치고 물 위를 떠내려오는 듯했다. 제솜은 그 배를 화물선이라고 했다.

레드 호크는 여자들이 절벽 위에 있기를 바랐다. 하지만 블랙 모카신이 레드 호크의 의견을 받아들이지 않았다. 블랙 모카신은 전사들과 함께 옥수수와 말린 사슴고기를 자루에 담아 내려갔고 우리에게 따라오라는 몸짓을 했다.

배에는 백인들이 가득했다. 내가 본 백인은 레네 제솜뿐이었는데, 이 곳에는 아주 많았다. 젊은이들이었는데, 들소 가죽을 걸치고 얼굴에는 털이 많았다.

백인들은 미네타리족처럼 생겼지만 대장으로 보이는 한 명은 달랐다. 그 사람은 말을 많이 했고 다른 사람들은 그 말을 따랐다. 그 사람은 눈동자가 파랗고 머리털이 구릿빛이었다.

우리 추장이 그 사람에게 메타하타 마을에 온 것을 환영한다는 말을 하고, 자신을 가리키며 '블랙 모카신'이라 했다.

머리털이 붉은 남자가 웃음을 띠며 인사했다. 자신을 가리키며 '클라크'라고 하고, 옆 사람을 가리키며 '루이스 대장'이라고 했다.

이 사람은 인사를 했지만 웃지는 않았다. 내 마음에 든 사람은 구릿빛 머리털을 가진 남자였다. 그 사람도 분명히 내가 마음에 들었을 것이다. 그 사람은 자기가 하는 말을 통역하는 사람에게 말을 하면서도 나를 계속 힐끗힐끗 보았다. 통역자의 이름은 '드루어'였다.

나중에 클라크 대장이 강둑에 있던 내게 와서 구슬 네 알을 주었다. 검은색·노란색·빨간색 구슬은 없고 모두 파란색이었다. 이 구슬은 맑은 날 하늘빛 같았고, 대장 두 눈동자와도 같은 색이었다.

나는 너무 놀라 웃을 수도, 말할 수도 없었다. 그저 멍하니 서서 손 위에 있는 구슬을 바라만 보았다. 구슬을 바라보다가 그 사람 얼굴을 보자, 가슴이 몹시 두근거렸다.

클라크 대장은 모든 사람들에게 선물을 주었다. 블랙 모카신에게는 빛나는 메달을 주었고, 레드 호크에게는 담배를 선물했다. 그리고 메타하타 마을에는 옥수수 가는 기계를 선물했다. 옥수수 알을 돌 위에 놓고 두들기는 대신에, 커다란 솥에 옥수수 속대를 집어넣고 손잡이를 둥글게 둥글게 돌리기만 하면 옥수수 가루가 밑으로 쏟아져 나왔다. 여자들은 이 모습을 보고 환호성을 질러 댔다.

다음 날 두 대장이 추장 집으로 왔다. 두 대장은 불가에 앉아 신발을 벗었는데 이건 자기들이 친구로서 왔다는 표시였다. 블랙 모카신은 두 대장 주위에 곰 가죽을 펼쳐 놓았고 두 대장은 파이프 담배를 피웠다. 그들은 서로 상대에게 돌아가며 파이프를 건네 주었다. 이렇게 하여 그들은 영원한 친구가 되었다.

그 날 밤 두 대장은 친구들을 데리고 다시 왔다. 한 명은 바이올린을 연주했고 다른 사람들은 불 앞에서 춤을 추었다. 그들은 발을 구르고, 뛰어오르면서 빙글빙글 돌았다. 모든 사람들이 그들 춤을 보며 좋아했다. 춤은 새벽까지 이어졌다. 그들은 다음 날 밤에 다시 와서 또 춤을 추겠다는 약속을 하고 돌아갔다.

다음에는 흑인 한 명을 데려왔다. 이름은 '벤 요크'였는데 발음하기 쉬웠다. 나는 벤 요크가 손수 제 몸을 검게 칠한 것이라 생각했다. 벤 요크가 다른 곳을 보고 있을 때 손가락에 물을 묻혀 팔을 문질러 보았다. 검은색은 벗겨지지 않았다. 아이들도 벤 요크의 살갗을 문질렀다. 아이들이 더 모여들자 벤 요크는 인상을 쓰고 이를 내보이며, 자기는 괴물이고 아이들을 산 채로 잡아먹는다고 했다.

벤 요크는 미네타리 말도 소손 말도 하지 못했다. 나도 백인 말은 한 마디도 몰랐다. 하지만 드루어의 도움으로 벤 요크는 부모가 흑인이고, 태어날 때부터 흑인이었다는 것을 알게 되었다.

"저 사람은 클라크 대장 하인이야. 노예지. 그가 미국에 왔을 때, 저 사람처럼 생긴 흑인 노예들이 많았어."

흑인은 우리가 자기 이야기를 하고 있다는 것을 알았다. 여자들을 밀치며 우리가 서 있는 곳으로 왔다. 샤르보노보다 키가 컸고, 큰 발걸음으로 팔을 저으며 걷는 모습이 품위 있어 보였다.

"요크."

벤 요크는 자신을 가리키며 말하더니 손을 들고 손바닥이 보이게 인사 표시를 했다. 나도 나를 가리키며 말했다.

"사카가와."

드루어는 내 이름이 새 여인이라 설명해 주었다. 요크는 웃었다.

"새처럼 날 수 있어?"

"아니오. 저는 박쥐처럼 날아요."

"언제?"

"모두가 잠든 밤에요."

벤 요크가 반신반의하며 고개를 갸우뚱거릴 때, 가까이에서 보고 싶어하던 여자들이 달려와 요크를 에워쌌다. 여자들은 여전히 요크가 정말로 까만 사람인지 의심했고, 요크를 매우 잘생긴 사람으로 알고 있었다. 그 같은 사람을 본 적이 결코 없었다.

그 날 밤 춤을 출 때, 여자들은 요크가 뛰어오르고 뒤꿈치를 땅에 칠 때마다 숨을 몰아쉬었다.

춤은 해가 솟아오를 때까지 계속되었다. 루이스 대장이 공기총을 쏘았다. 총은 회전식이었고 반짝이는 놋쇠로 만들었다. 손잡이를 당기자 엄청난 소리를 내며 총알이 나무에 맞았다.

여전히 모두들 즐거워하며 아무도 떠나고 싶어하지 않았다. 클라크 대장이 조지 드루어를 불렀다.

파란 눈에 긴 머리가 햇살에 반짝이는 드루어는 키가 매우 컸고, 마을 어귀에 세워 놓은 푯말처럼 곧은 자세였다. 팔은 길고 흔들거렸고 두 손도 매우 컸다. 드루어 핏줄의 반은 샤니족이었다. 드루어는 시욱스 말, 미네타리 말, 만단 말 들을 몇 마디씩 했다. 하지만 모든 부족들에게 통하는 몸짓도 섞어 가며 말했다.

클라크 대장이 부르자, 드루어는 앞으로 나와 동쪽 하늘을 가리키며 "메네카."라고 했다. 이 말은 만단 말로 '해'를 뜻하는 것이었다. 그러자 대장은 두 팔을 들어올려 신호를 했고 모두가 그 신호를 알아듣고 자리를 떴다.

13장

바뀐 내 인생

클라크 대장이 내 인생을 바꿔 놓았다. 모든 것을 바꾸었다. 클라크 대장은 몰려와서 나를 데려온 노예 사냥꾼들보다 강했고, 끔찍한 핸드 게임에서 나를 얻은 투생 샤르보노보다도 강했다. 진실을 말하지 않으면 나를 죽일 나의 수호신에게 이런 사실을 고백했다.

이런 일이 있었다. 두 대장은 샤르보노가 몇 년 동안 강에서 장사를 했고, 아시니보닌족, 블랙피트족, 네 페르세족 들의 마을에 이르도록 멀리 북쪽과 서쪽으로 다녔던 것을 알게 되자, 샤르보노를 안내인으로 고용하여 조지 드루어가 인디언 말을 통역하는 것을 돕게 했다.

그들은 강을 따라 먼 곳까지 가서 야영장을 만들었다. 그 곳엔 땔감으로 쓸 미루나무가 많았다. 사람들은 추위를 피할 은신처가 필요했다. 게다가 두 대장은 시욱스족이 겨울 중 언젠가 공격할 계획이라는 소식을 들었다.

사람들은 야영장을 튼튼하게 지었다. 두 줄로 막사를 세우고 한쪽 끝을 돌담으로 막고서 회전하는 대포 두 문을 올려놓았다. 워낙 튼튼하여 '만단 요새'라고 불렀다. '만단'이란 말은 이 땅이 만단족 소유이고 그들이 미네타리족과 평화롭게 지냈기 때문에 붙인 이름이었다.

나는 있던 곳에 머물고 싶었지만, 클라크 대장이 우리들을 요새 안으로 들어가게 했다.

"넌 여기 요새 안에서 안전하게 있거라. 그리고 네가 원하면 언제라도 미네타리 친구들을 만날 수 있어. 그들은 그리 멀리 있지 않아."

샤르보노가 고용되어 요새로 들어온 날, 클라크 대장과 협상한 내용을 내게 말해 주었다. 샤르보노는 대장이 적어 준 서류를 내게 보여 주었다.

드루어가 클라크 대장이 했다는 놀랄 만한 말을 전해 주었다.

"대장은 네 남편과 함께 너를 고용했단다. 대장이 네가 소손족이란 걸 알게 됐지. 소손족은 산간 지방에 살고 있고 거기는 대장이 방문할 곳이야. 소손족이 키우는 좋은 말들을 사려고 해. 정말로 좋은 말들이 많이 있나?"

"네, 소손족은 좋은 말을 많이 갖고 있어요. 그들도 일부는 팔고 싶을 거예요."

클라크 대장은 우리 아버지가 부족에서 영향력 있는 사람인지, 또 내 이름이 무엇인지 알고 싶어했다. 나는 드루어에게 내 이름은 사카가와이고, 아버지는 추장이라고 했다.

"사 카 가 와?"

클라크 대장은 나를 보며 천천히 말하고는 얼굴을 찌푸렸다. 클라크 대장이 계속 나를 보았다. 그는 조지 드루어에게 말했는데, 드루어가 이런 말을 전해 주었다.

"저분은 '사카가와'라는 소리를 좋아하지 않아. 너를 '제니'라고 부르고 싶어하신다. 너는 저분이 알던 소녀를 닮았는데, 그 소녀의 이름이 제인이었대. 그래서 오늘부터 너를 '제니'라고 부르고 싶어하지."

클라크 대장은 드루어에게 내가 그 이름을 마음에 들어하는지 물어보라고 했다. 나는 혼잣말로 '제니'라고 되뇌었다. 큰 소리로 불러보았다. 발음하기가 어려웠다. 입에서 이상한 소리가 나오는 것 같았다.

클라크 대장은 나를 지켜보면서 내가 마음에 들어하는지 알고 싶어했다. 나는 고개를 끄덕이며 웃었다. 나는 대장에게 사카가와 말고 또 다른 이름이 있다는 말을 하지 않았다. 그건 비밀스런 이름이라서 나도 좀처럼 사용하지 않는데, 너무 많이 사용하면 닳아서 그 이름의 신비로운 힘을 잃기 때문이었다.

클라크 대장은 "제니."라고 부르더니 백인 말로 빠르게 말했다. 그리고는 드루어에게 자기 말을 내게 옮겨 주라고 했다.

"대장님은 네가 곧 아이를 낳을 거라는 걸 아셔. 네가 긴 여행을 할 수 있을지 걱정하셔. 어떤 백인도 가 보지 못한 곳이거든. 높은 산을 넘고 큰 강을 건널 거야. 대장님은 소손족 땅에서 말을 살 때 도움이 되는 너를 꼭 데려가고 싶어해. 그렇지만 아기를 걱정하셔."

나는 대장에게 아기 걱정을 하지 말라고 했다. 아기를 등에 업고 산 넘고 강 건너, 대장이 가는 곳이라면 어디라도 따라가겠다고 했다. 대장은 웃음을 짓고 가 버렸다. 그리고 다시 대장을 보게 된 것은 아들이 태어난 뒤였다.

겨울이 왔다. 해는 하늘 위에 있는 흰 유령 같았다. 해는 일찍 지고 밤이 빨리 찾아왔다. 아이들만 주변에 놀고 있을 뿐, 아무도 없었다. 나는 몹시 아파 쓰러져 몸을 질질 끌며 불가로 와 누워서 숨을 몰아쉬었다.

블루 스카이가 와서 나를 침대에 눕혔다. 내가 기억하는 것

은, 블루 스카이가 사슴 가죽 담요로 덮어 주고 그 위를 곰 가죽
으로 또 덮어 주었다는 것이다. 그 밖에는 기억나는 것이 없었
다. 블루 스카이와 조지 드루어가 침대 옆에서 클라크 대장 이야
기를 하고 있었다.

나는 샤르보노가 어디 있는지 물어보았다. 샤르보노는 나무
하러 가서 아침쯤에 돌아올 것이라고 블루 스카이가 말해 주었
다.

그들은 계속 말을 주고받았는데 말소리가 멀어졌다. 오랫동
안 조용했다. 모두가 조용했다. 아이들 소리도 들리지 않았다.
불이 지붕 위로 그림자를 드리우고 있었다. 이상한 얼굴들이 입
을 딱 벌리고 나를 바라보고 있었다. 그들이 비명을 질렀고 나도
그들을 보고 숨가쁘게 비명을 질렀다.

블루 스카이가 미네타리 말로 누군가에게 물었다.

"무슨 일이야? 그 여자가 죽어가고 있어."

죽다니? 이 말을 들으니 몸의 고통은 느껴지지도 않았다. 나
는 가만히 누워 있었다. 나의 수호신이 말하기를 기다렸다. 이미
죽은 사람들, 소손 땅에서 죽은 어머니와 친구들의 목소리를 기
다렸다. 마음이 차분해졌다.

클라크 대장이 드루어에게 말했고, 드루어는 블루 스카이에
게 말을 전했다.

"대장님께서 하시고 싶은 것이 있습니다. 그분은 전에도 경험이 있습니다. 때로는 그것이 효과가 있기도 하고 없기도 하지요."

"그게 뭐죠?"

"그분 주머니에 방울뱀 꼬리가 있는데 그것을 잘게 부숴 물에 타서 마시게 하려 합니다."

"그렇게 해 보죠. 죽어가고 있는데 뭐는 못하겠어요."

그것은 아무런 맛도 없었다. 그저 삼킬 때 톡 쏘기만 했다. 하지만 그걸 먹고 잠이 들었다 깨어나니 대낮이었고 아기가 태어났다.

샤르보노가 곧바로 왔다. 샤르보노는 소식을 듣고 노래를 부르며 성큼성큼 걸어와서는 아들인지 딸인지 궁금해하였다.

"아들이에요. 이름을 '미코'라고 지어요."

"미코? 그게 무슨 뜻이지?"

"작은 갈색 다람쥐."

샤르보노는 고개를 저었다.

"미코는 안 돼. 갈색 다람쥐도 마음에 안 들어. '진 바티스트 샤르보노'로 할 거야."

클라크 대장이 잠시 생각에 잠겼다.

"팜피가 좋겠어. 팜피 샤르보노."

대장은 왜 이 이름을 선택했지 말하지 않았다. 팜피는 발음하기 좋았지만 '미코'만은 못했다. 그래서 나는 아들을 미코라 불렀다. 두 남자 모두 그 소리를 듣고도 큰소리치지 않았다.

드루어가 말했다.

"클라크 대장님은 네가 따라올 수 있는 체력이 될지 궁금해하신다."

샤르보노가 말했다.

"당장 갑시다. 이 아이는 강한 인디언 소녀요. 당장 갑시다."

"아직 일주일 남았소. 강 얼음이 녹으면 갑니다."

클라크 대장은 다음 날 다시 왔고 닷새 동안 내 몸 상태가 어떤지 살펴보러 왔다. 마지막 날에는 루이스 대장과 함께 왔다.

루이스 대장은 짐승을 데려왔다. 처음엔 어린 들소인 줄 알았다. 그때 놈이 내게 와서 몸을 비벼 대는 바람에 개인 걸 알았다. 그런데 놈은 어린 들소만큼이나 컸다. 갈색에다 털이 북슬북슬하고, 눈은 크고 회색과 갈색이 섞여 있었다. 드루어가 개 이름은 '스캐논'이고 뉴펀들랜드 산이라 했다.

스캐논은 내게 와서 몸을 비비고 이쪽 저쪽에서 나를 밀더니 미코에게 건너가 킁킁거렸다. 아기는 젖은 코를 좋아하지 않았지만 스캐논은 상관하지 않고 계속 킁킁거렸다.

그 날 클라크 대장은 내게 와서 자기가 하는 말을 좀 배우라고 했다. 그리고는 바로 하나에서 스물까지 백인들이 세는 말을 가르쳐 주었다. 그 다음에는 날짜와 일주일이 며칠인지, 한 달이 몇 주인지도 가르쳐 주었다. '밤'이라는 말은 생소했다. 소손에서는 항상 밤을 '잠'이라고 말했다. 예를 들면 '우리는 여섯 번 잠 동안 여행했다.'라고 말했다. 이젠 여섯 '밤' 동안 여행했다고 말할 수 있게 되었다.

이때부터 긴 여행이 끝날 때까지 단 하루도 백인 말을 배우지 않은 날이 없었다. 어떤 때는 스무 단어 이상을 배웠다.

14장

여행에 첫 발을 내딛다

미코는 내가 만들어 준 요람을 좋아했다. 처음으로 요람에 넣었을 때는 웃었다. 그리고 꺼냈을 때는 얼굴을 찌푸렸다. 이건 좋은 일이었다. 만단 마을에 있는 어떤 아기들은 요람을 좋아하지 않았다. 이러면 큰 부담이다. 어머니들이 어디를 가더라도 아기를 데리고 다녀야 했기 때문이다.

털을 깐 요람에 미코를 눕혔다. 요람을 옆에 있는 막대기에 걸어놓고, 여행할 때 쓸 가죽신과 각반을 넉넉히 준비했다. 요람에 아기를 눕혀 놓으면 젖 먹일 시간이 될 때까지는 걱정할 필요가 없었다.

얼음이 풀리자 떠날 준비를 했다. 하지만 떠나기 사흘 전에 캐나다에서 온 세 명의 상인이 마을에 와서 샤르보노와 이야기하기를 청하였다. 그들은 오랫동안 이야기했다. 나중에 샤르보노가 말해 주었는데, 캐나다 사람들은 노스웨스트 회사 사람이고, 자기들이 인디언과 교역하는 것을 미국인들이 방해할까 봐 걱정을 하고 있었다.

그 날 밤 샤르보노가 나를 깨우더니 자기는 여행을 하고 싶지 않다고 했다.

"왜요? 왜 그렇죠?"

"돈이 충분치 않아. 다른 이유도 있어. 산도 너무 높아. 오래 전에 르 브랑크라는 무역상한테서 들었어. 아시니보인이나 블랙피트 같은 사나운 인디언들이 있대. 그들은 사람 목을 자르고 머리 가죽을 벗긴다더군."

"하지만 대장님께 약속했잖아요."

오터 우먼도 잠에서 깼다. 오터 우먼은 나에게 오랫동안 그렇게 적은 보수로 나쁜 사람들 속에서 위험한 여행하는 것은 어리석은 짓이라고 말해 왔다.

잠이 덜 깬 소리로 오터 우먼이 샤르보노에게 말했다.

"듣지 마세요. 가서서 돈과 다른 대가를 더 원한다고 말씀하세요."

"그들에게 말하겠어. 샤르보노가 원할 때 샤르보노가 돌아온다고. 언제든지, 투생 샤르보노가 원할 때 그는 돌아온다고."

"가서 말씀하세요."

샤르보노가 고용된 날부터 우리 부족 사람들이 사는 산간 지방으로 가서 그들을 다시 만날 수 있다는 생각에 심장이 뛰었다. 여행 자체도, 그것이 어떨지라도 클라크 대장과 루이스 대장이 추구하는 것이라면 신비한 여행이 될 것이라는 흥분감도 있었다.

"당신은 약속을 했어요. 이제 와서 그만둘 순 없어요."

다음 날 아침, 샤르보노는 두 대장과 이야기를 하러 갔다. 밤에 돌아왔는데 잔뜩 화가 난 얼굴로 그들과 싸웠다는 말을 했다.

"작별 인사를 할 거야. 더는 여행은 없어. 잘 있어, 클라크 대장. 잘 있으라고, 루이스 대장. 안녕."

다음 날 그대로 되었다. 두 대장은 샤르보노에게 가서 다시는 오지 말라고 했다. 클라크 대장은 심지어 자기가 원했던 것은 나였다는 말까지도 했다. 안내인이 아니라 소손 지역을 지나갈 때 말을 사고 길을 찾는 데 도움을 줄 수 있는 사람을 원했다는 말도 했다.

샤르보노는 잠시 곰곰이 생각했다. 나는 샤르보노에게 두 대장들과 다시 이야기해 보라고 간청했다.

"왜 그들이 도중에 마음이 안 들면 그만두려는 사람을 원하겠어요? 만일 당신이 클라크 대장이라면 그런 사람을 좋아하겠어요? 그리고 당신이 그만두면 이 강에 불명예스러운 이름을 남기게 될 거예요."

오터 우먼도 끈질겼다. 끝까지 가지 말자고 했다. 오터 우먼은 이 마을 저 마을을 다니며 사람들이나 만나는 편안한 생활을 좋아했다. 하지만 나는 또 설득했다. 마침내 샤르보노가 클라크 대장을 다시 만나러 갔다. 이번에는 화를 내지 않고 그들과 함께 가겠다고 했다.

결정이 나자마자 나는 긴 여행 동안 사용할 내 물건과 미코 물건을 사슴 가죽 자루에 담았다. 아기를 요람에 싣고 등에 메었다. 남아 있기를 원했던 오터 우먼과는 작별 인사를 했다.

클라크 대장은 날마다 '일지'라는 것에 검은 표시를 했다. 작은 막대기를 검정 물감에 담갔다가 표시를 했다. 그 표시들은 자기가 그날 그날 보고, 듣고, 생각한 것을 쓰는 것이라고 했다.

강으로 내려가 보니 클라크 대장이 여러 배 중 가장 큰 배에 앉아 있었다. 무릎 위에는 일지가 있었다. 손짓으로 내게 짐과 요람을 내려놓고 자기 옆에 앉으라고 했다. 그리고 일지를 펼쳐 보였다. 작은 막대기를 적셔 손에 쥐어 주고 팔로 어깨를 감싸며 손을 잡고서 종이 위에 글을 쓰게 해 주었다.

다음 글은 우리가 함께 썼던 것이다.

1805년 4월 7일 만단 요새

일요일, 오후 4시. 배에는 프랑스 인 두 명과 인디언 한 명을 포함한 군인 여섯 명이 있음. 이들은 모두 인솔을 책임지고 있는 상병의 지휘를 받음. 프랑스 인 두 명은 카누를 타고 강을 따라 내려가 세인트루이스로 떠남. 같은 시간에 우리는 큰 배 2척과 카누 6척으로 강을 거슬러 올라감.

이것이 클라크 대장이 내 손을 잡고 함께 쓴 글이다. 나는 종이 위에 이리저리 쓴 글을 보고 뿌듯함을 느꼈다. 얼마 안 되어 더 많은 백인 말을 배워 그 내용이 무슨 뜻인지 알게 되었다.

클라크 대장은 일지에 몇 가지를 더 썼다. 대장이 내게 붙여 준 이름 '제니'라는 글자를 보았다. 대장은 그 글자들을 말리려고 재빠르게 모래를 뿌렸다. 그것이 무엇인가 나와 관계가 있다는 생각이 들었다.

갈매기처럼 생긴 커다란 은빛 배가 강을 따라 내려왔다. 루이스 대장이 포를 쏘며 만단 족과 작별 인사를 했고, 우리는 빠르게 강을 거슬러 올라갔다.

밤이 다가오자 모두 강가로 내려갔다. 나는 저녁을 준비하기 위해 뿌리를 캐러 갔다. 큰 배 두 척에는 식량이 저장되어 있었지만 클라크 대장은 육지에서 먹을 것을 구할 수 없을 때 그것을 사용할 계획이었다. 대장이 샤르보노를 고용할 때, 샤르보노는 아내인 내가 과일과 온갖 종류의 뿌리를 모을 수 있는 방법을 알고 있어서 더 많은 돈을 받아야 한다고 하였기에 나는 뿌리를 구하러 가야 했다.

어릴 때부터 했던 일이라 뿌리 찾는 일은 쉬웠다. 우선 장소를 잘 살펴야 한다. 가장 좋은 곳은 떠내려온 나무 더미 주변이다. 그 다음은 뾰족한 막대기로 쥐구멍을 찾을 때까지 쑤시는 것이다. 겨울이 끝날 때가 아니면 구멍 속에는 항상 쥐들이 저장해 둔 카마시아(백합과에 딸린 알뿌리 식물-옮긴이) 뿌리가 있다. 카마시아 뿌리는 엄지손가락만 하고 하얗고 둥글다. 이것을 사슴 고기나 들소고기와 함께 요리하면 맛이 좋다.

늦겨울이라 쥐들이 저장해 둔 것을 거의 먹어 버려, 어둠이 내린 뒤에도 한참 동안을 찾아야 했다. 서른여섯 명이 먹을 수 있는 충분한 뿌리를 캤다.

샤르보노는 화를 냈다. 저녁을 먹으며 클라크 대장에게 항의했다.

"나와 내 아내 새 소녀가 요리를 해야 한다는 얘기는 없었소. 통역하고 길 안내를 하라는 것이었지, 요리하라는 말은 없었소."

"제니는 뿌리를 캐서 요리하고 싶어했소. 자기도 먹으려고 요리하는 것이오."

"좋소. 당신은 이제 요리하지 마. 뿌리를 찾더라도 요리는 하지 마, 알겠어?"

나는 음식을 준비하는 것이 기분 나쁘지 않았다. 서른여섯 명이나 되는 배고픈 사람들에게 요리해 주는 것은 더할 나위 없이 즐거운 일이었다.

다음 날, 우리는 일찍 일어나 어느 미네타리 마을을 지나갔다. 그 곳은 르 보네가 다스리는 곳이었다. 여기서부터 강물이 좁아졌고, 나지막한 절벽을 지날 때 르 보네가 안개 속에서 다가오는 우리를 바라보고 있었다. 르 보네는 손을 들어 자기 옆에 있는, 강둑에 쌓아놓은 고기 더미를 가리키며 소리쳤다.

"들소요. 환영하오. 친구들."

클라크 대장이 소리쳐 응답했다. 갑자기 샤르보노가 반대쪽으로 뱃머리를 돌리려 하자 클라크 대장이 키를 잡고 똑바로 가라고 했다. 그렇게 한 것은 잘한 일이었다. 르 보네가 강둑에 서 있는데 우리가 그냥 지나쳐 가 버렸다면 절벽 위에서 소나기 같은 화살이 날아왔을 것이다.

처음으로 샤르보노가 이상하다고 여겨졌다. 샤르보노는 르 보네에 대한 무서운 이야기를 들어 알고 있었다. 저 애꾸눈은 밀을 수 없는 사람이고 백인을 증오한다는 것을. 이것을 알면서도 왜 샤르보노는 뱃머리를 돌리려 했을까?

일주일도 안 됐지만 며칠이 지나자 샤르보노는 또 이상한 행동을 했다. 바람이 불어 잡고 있던 키를 놓쳤는데도 그것을 다시 잡지 않고 손을 올려 기도하기 시작했다. 다른 배들은 강물을 거슬러 더 멀리 올라갔다.

뱃머리에서 노를 젓던 크루자가 샤르보노에게 소리쳤다.

"뱃머리를 돌려, 이 얼간아!"

샤르보노는 여전히 기도만 하고 있었다. 그러자 크루자가 다시 소리쳤다.

"배를 돌려!"

샤르보노는 무릎을 꿇고 한 손으로 배를 부여잡고 있었다.

"배를 돌려! 그러지 않으면 쏴 버리겠어."

크루자는 샤르보노 머리에 총을 겨누었다. 샤르보노가 키를 세게 잡아당기자 배가 옆으로 기울었다. 사람들이 휘청거렸다. 물이 밀려 들어와 내 무릎까지 차 올라왔다. 아기가 울기 시작했다. 땅에서 그리 먼 곳은 아니었다. 그때 배에 실린 물건들이 배 밖으로 떠내려가는 것이 보였다. 샤르보노는 그것을 보고도 꼼짝하지 않았다. 크루자가 키를 잡았다.

이제 우리는 물살을 따라 내려가고 있었다. 사방에서 소용돌이치는 거친 물 위에는 배에서 떨어져 떠내려온 물건들이 가득했다. 클라크 대장의 일지와 그가 소중히 여기는 무언가가 담겨 있는 나무 상자가 보였다. 대장은 매일 그 상자에서 무언가를 꺼내어 보고는 조심스럽게 다시 넣었다. 누군가가 강가에서 소리쳤다. 물결이 워낙 거세게 배에 부딪쳐 그게 무슨 소리인지 알아들을 수는 없었지만 경고하는 소리 같았다.

요람이 헐렁했다. 어깨에 메고 있던 끈을 꽉 조이고 물로 뛰어들었다. 물은 허리보다 높이 올라왔다. 맨 먼저 나무 상자를 잡았다. 그리고 내가 한 번 써 본 적이 있고 클라크 대장이 매일 썼던 그 일지를 잡았다. 물결이 머리까지 올라오자 아기가 울기 시작했다. 그래서 다른 것은 포기하고 배에 다시 올라탔다.

무사히 육지로 올라오기는 했지만 대부분의 약, 탄약, 밀가루, 그리고 클라크 대장이 언젠가 심으려던 멜론 씨들이 사라졌다. 여행길에서 만나게 될 사람들에게 주려던 구슬과 선물도 없어졌다. 하지만 나는 클라크 대장의 일지와 나무 상자는 건졌다. 클라크 대장은 그 날 밤 돌아와서 그것들을 보고는 무척 기뻐했다. 대장이 그 상자를 열면서 말했다.

"새것처럼 말짱하군. 작지만 이건 아주 소중한 것이야."

"그게 뭐예요?"

"나침반. 이것만 있으면 동서남북 어디로 가고 있는지 알 수 있지. 이게 없으면 길을 잃어."

클라크 대장은 기뻐하며 내 뺨에 입을 맞추고 아름다운 선물
도 주었다. 작은 구슬이 박힌 영양 가죽 허리띠였다. 너무 아름
다워서 목이 메였고 고맙다는 말도 못하였다.

저녁을 먹은 뒤 샤르보노에게 왜 크루자 말을 듣지 않았냐고
물어보았다.

"아무 소리도 못 들었어. 바람소리, 물소리만 들렸지. 크루자
소리는 들리지 않았어."

샤르보노 입가가 굳어 보여 거짓말하고 있다는 것을 알 수 있
었다. 샤르보노는 크루자 말을 들었다. 샤르보노가 주먹을 움켜
쥐며 내게 물었다.

"뭘 생각해? 당신은 내가 들었다고 생각하나?"

나는 고개를 가로저었다. 하지만 의심이 가기 시작했다. 상인
들이 샤르보노에게 했다는 말이 생각났다. 샤르보노는 미국인
들이 자기들 사업을 망치게 할까 봐 상인들이 두려워한다는 말
을 왜 내게 했을까? 왜 다음 날 클라크 대장에겐 따라가지 않겠
다고 했을까? 그리고 바로 다음 날 마음을 바꿔 가겠다고 했을
까? 혹시 샤르보노와 캐나다 상인들 사이에 무슨 비밀이라도 있
는 것일까? 그들이 샤르보노를 고용했나?

"뭘 그리 생각하지?"

샤르보노는 여전히 주먹을 쥐고 있었다.

"아무것도 아니에요."

"너는 물에 뛰어들었어. 빠져 죽을 뻔했고, 장 바티스트도 죽을 뻔했어. 장 바티스트 샤르보노는 저 대장들보다, 너보다 더 소중하단 말이야. 알겠어?"

"네."

자기 아들이 그리도 소중하다면, 왜 미코가 빠져 죽을지도 모르는데 배를 부수려 했을까? 왜 크루자 명령을 듣지 않고 손을 들어 기도만 하고 있었을까? 감히 직접 물어볼 수는 없었다.

"무슨 생각해? 내가 크루자가 말하는 걸 들었다고 생각하나?"

"아뇨."

샤르보노가 주먹을 풀면서 말했다.

"좋아. 그럼 됐어."

15장

큰 공을 세운 스캐논

우리는 많은 것을 잃었다. 특히 밀가루 전부와 페미칸 대부분을 잃은 것은 큰 손실이었다. 클라크 대장은 이제부터 뿌리를 캐고 동물을 사냥해서 살아야 한다고 했다.

며칠 동안 동물이 눈에 띄지 않았다. 다만 겨울에 얼음 위에서 죽은 들소 여러 마리와 사냥꾼을 피해 달아난 곰 한 마리만 있었다. 서쪽으로는 끝없는 대평원이 펼쳐 있었고 강둑에는 꽃 덤불이 가득했다. 하지만 과일이 나오기에는 너무 이른 때였다. 그래서 행진을 멈출 때면 나는 밤마다 뿌리를 캐서 남은 페미칸과 함께 요리했다.

강물이 낮아졌다. 하지만 물살이 여전히 셌다. 무릎까지 푹푹

빠지는 진흙 속을 걸으며, 바위와 통나무에 걸려 넘어지면서 남자들은 뱃머리를 묶은 밧줄을 당겼다. 배 위에 있는 사람들은 앞뒤에서 삿대를 물속에 박았다.

바람이 불면 통나무배 돛이 올라갔다. 그러나 거의 모든 남자들은 강 위쪽으로 기듯이 나아갔다. 작은 카누는 덜 힘들었지만 그래도 모두가 고생했다. 먹을 것이 별로 없었다. 새벽부터 밤늦게까지 고생하는 남자들에겐 약간의 페미칸과 삶은 카마시아 뿌리로는 부족했다.

루이스 대장이 모두에게 영양, 곰, 사슴, 들소 등 어떤 동물이라도 찾으라고 했다. 사냥꾼들을 둘로 나눠 강 양쪽을 수색하라고 했다. 회색곰 한 마리가 보였다. 강 한가운데에 있는 모래톱을 느릿느릿 걷고 있었다. 그 곳은 내가 르 보네한테서 달아나 살았던 모래톱과 비슷했다.

곰고기는 맛이 없고 질기고 사향 냄새가 난다. 게다가 곰 사냥은 위험하다. 하지만 루이스 대장은 다른 방법이 없었다. 클라크 대장에게 곰고기를 먹자고 했다. 클라크 대장과 오드웨이 중사, 그리고 사냥꾼 한 명이 준비를 했다. 그들이 막 출발하려 할 때 회색곰이 덤불에서 새끼를 데리고 나왔다.

내가 클라크 대장에게 말했다.

"새끼가 있는 곰을 죽이면 안 돼요."

클라크 대장은 마치 내 머릿속이 비어 있다는 듯이 나를 바라보았다.

"불길한 징조예요."

"부하들이 굶주리고 있어. 우리더러 어쩌란 말이야, 굶어 죽을까?"

"새끼 없는 다른 곰을 죽이면 되잖아요."

"어디 있어? 우리는 아흐레나 찾아 헤맸어. 처음 온 기회야."

샤르보노는 물에 들어가 배를 강가로 끌고 있었다. 샤르보노가 하던 일을 멈추고 나를 몹시 못마땅한 표정으로 바라보았다.

"미친 소리야, 정신 나간 소리 하지 마. 소손 년아."

곰이 우리를 보고는 모래톱 가운데에 있는 무성한 덤불 속으로 도망쳤다. 새끼도 데리고 갔다.

루이스 대장이 클라크 대장에게 소리쳤다.

"사냥꾼을 데리고 저놈을 쫓아요."

샤르보노에게도 외쳤다.

"배로 돌아가 있어. 무슨 일이 일어나는지 지켜보다가 필요하면 돛을 잡아당겨!"

두 사냥꾼이 모래톱을 건너가 자리를 잡았다. 클라크 대장은 어깨에 총을 메고, 내가 있는 강가에서 멀지 않은 곳에 서 있었다.

모래톱 끝에 있던 사냥꾼이 덤불에 총을 쏘았다. 곰이 나와 이리저리 머리를 흔들었다. 곰은 아직도 총구에서 연기가 나는 총을 잡고 있는 사냥꾼을 보다가 고개를 돌려 오드웨이 중사를 보고, 다시 클라크 대장을 바라보았다.

나는 클라크 대장이 준 푸른 구슬이 달린 허리띠를 매고 있었다. 그것이 햇살에 반짝였다. 곰 눈이 내게 고정되었다. 곰은 우리들 중에서 공격할 대상을 찾고 있었다.

샤르보노가 배를 강으로 당기며 말했다.

"미친 곰이야. 미친년 같아. 무슨 짓을 할지 몰라. 미쳤어."

나는 샤르보노가 볼 수 없게 몸을 돌렸다. 눈을 감고 기도했다. 나의 수호신께 저 어미와 새끼를 구해 달라고 간청했다. 곰이 덤불 속으로 도망치게 해 달라고 간절히 기도했다. 날이 어두워지고 있었다. 지금 곰을 죽이지만 않는다면 곰은 안전할 것이다. 기도를 하다가 두 번째 총소리를 들었다.

클라크 대장이 총을 쏘았다. 노란 연기가 대장을 감쌌다. 곰이 흙먼지를 일으키며 허겁지겁 달아났다. 곰은 넘어졌지만, 재빨리 몸을 낮추었다가 똑바로 일어섰다. 곰은 키다리보다 더 컸다.

누군가가 또 쏘았으나 빗나갔다. 곰은 움직이지 않고 클라크 대장을 보고 있었다. 클라크 대장은 사냥꾼 중에 곰과 가장 가까이 있었다. 채 열 걸음도 떨어지지 않았다. 위험하다는 생각이

들었다. 내가 경고를 해 주자 샤르보노는 화를 냈다.

"클라크는 사카가와 아기가 아냐. 사카가와 남편도 아냐. 왜 사카가와가 야단법석이지?"

나는 아무런 대답을 하지 않았다. 내가 진실로 클라크 대장을 어떻게 생각하는지 처음으로 알게 된 순간이었다. 가슴이 두근거려 말하고 싶어도 아무 말도 할 수 없었다.

곰은 더는 뒷다리로 버티고 있지 못했다. 그저 클라크 대장을 바라보고 있었다. 클라크 대장은 탄약 가루를 싼 종이와 탄알을 꺼냈다. 종이를 이로 뜯어 열고는 총 약실에 가루를 쏟고, 갈색 종이로 탄알을 감싸서 총신에 밀어 넣었다.

곰이 쿵쿵거렸다. 화약 냄새를 맡고 있는 것 같았다. 곰이 클라크 대장 쪽으로 다가갔다. 발을 옮길 때마다 앞발을 높이 들어 올렸다. 강물 흐르는 소리가 들렸겠지만 곰 발바닥이 모래에 부딪치는 소리가 분명히 들렸다. 곰 어깨에 피가 흐르고 있었다. 곰은 멈추어서 그것을 핥았다.

사냥꾼들이 두 번 더 총을 쏘았고 곰은 쓰러졌다. 그러나 사냥꾼들이 총을 다시 장전하고 클라크 대장이 장전을 끝냈을 때 곰이 다시 일어나 비틀거리며 클라크 대장에게 다가갔다. 곰은 분노로 으르렁거렸고 두 눈은 붉게 충혈되어 있었다.

"도망가요."

사냥꾼들이 소리쳤고, 나도 있는 힘껏 큰 소리를 질렀다.

나는 배에서 뛰어내려 물로 뛰어들었다. 등에는 아기를 태운 요람이 있었다. 클라크 대장은 물에 있었다. 물살 속에서도 몸을 가다듬고 총을 발사했다. 사냥꾼 한 명도 총을 쏘았다.

사람들은 죽은 곰을 물 밖으로 끌고 나와 강둑에 눕혔다. 몸에서 총알 다섯 개를 발견했다. 그 중 하나는 심장 깊숙이 박혀 있었다. 고기는 푸석푸석하고 힘줄이 많았지만 그 날 밤 다 먹어 치웠다. 그 동안 먹지 못한 고기를 실컷 보충하는 날이었다.

우리는 아침 일찍 떠났다. 새끼 곰이 덤불 끝에 서 있었지만, 갈 길이 바쁜 루이스 대장은 사냥하지 않았다.

우리는 북쪽으로 이동하면서 더 많은 곰을 보았다. 일행 중 한 명은 곰한테 쫓기다 나무 위로 올라가 간신히 목숨을 구했다. 루이스 대장도 낮에 백곰과 마주쳤는데 높은 강둑에서 강으로 뛰어들어 겨우 몸을 피했다. 곰들이 밤에 야영장 주변을 어슬렁거렸다. 스캐논이 없었다면 한 번에 두세 마리가 우리를 공격했을 것이다. 스캐논은 곰 냄새를 잘 맡았고, 사납게 으르렁거리며 짖었다.

그런데 스캐논은 비버를 몰랐다. 어느 날 아침에 아름드리 미루나무들이 쌓여 있는 곳으로 갔다. 비버들이 그 나무들을 잘라 댐을 만들고 있었다.

스캐논은 카누에서 내 옆에 앉아, 주위를 헤엄치는 비버들을 보았다. 비버 털이 햇살에 반짝였다. 한 놈은 나무를 갉아먹고 있었다. 비버 이빨은 끌처럼 길고 넓으면서 굽어 있었다. 비버는 아주 빠르게 나무를 갉아 버렸다.

카누를 젓는 짧은 노처럼 생긴 꼬리가 달린 반짝거리는 비버를 보고 개가 무슨 생각을 하는지 알 수 없었다. 스캐논은 그것이 큰 다람쥐라고 생각했는지도 모른다. 어쨌든, 스캐논은 카누에서 뛰어내려 가까이 있는 한 놈을 물었다. 비버는 꼬리를 물리자마자 몸을 돌려 스캐논 코끝을 물었다. 스캐논은 머리를 흔들며 으르렁거렸다. 비버는 놓지 않았다. 내가 소리치자 스캐논이 돌아왔다. 샤르보노가 비버를 주먹으로 쳐서 죽였다.

상처가 며칠 갔다. 스캐논은 너무 아파서 머리를 들지도 못했다. 클라크 대장이 약을 발라 주었고 나는 먹을 것을 주며 보살폈다. 모두들 죽을지도 모른다는 생각을 했다. 하지만 스캐논은 강한 개였고 살아났다. 스캐논은 영리하기도 했다. 다시는 비버 근처에 얼씬도 하지 않았다.

스캐논이 앓는 동안 우리는 곰이 접근하지 못하도록 지켜야 했다. 남자들이 밤새도록 총을 들고 야영장 주변을 돌았다. 시욱스나 블랙피트보다 곰을 감시하기 위해서였다. 왜냐하면 스캐논이 아직 다 낫지 않았을 때 끔찍한 일이 일어났기 때문이다.

어느 날 어둠이 내릴 무렵, 남자들은 너무 지쳐서 일찍 잠자리를 준비했다. 남자들은 물가에서 가시덤불 속을 헤치며 배를 끌었다. 손이 가시에 찔리고 가죽신이 뚫렸다. 클라크 대장도 등에 두 군데, 발에 열일곱 군데나 찔렸다. 발에 찔린 가시는 내 손가락 반만 했다.

불가에 앉은 남자들은 너무 힘들어서 말도 못하고 먹지도 못했다. 우리는 미루나무가 우거진 곳에 자리잡고 있었다. 나뭇잎이 바람에 날리고 강물이 강둑을 따라 흐르며 물소리를 우렁차게 내고 있었다.

아시니보인족처럼 생긴 전사들이 숲에서 나왔다. 그들은 조용히 다가왔다. 만일 스캐논이 아프지 않았더라면 그들 소리를 들었을 것이다. 수는 우리 쪽의 두 배나 되었다. 화살을 가득 채운 화살통을 메고 활을 들고서, 강과 우리 사이에 한 줄로 서 있었다. 우리는 배와 대포, 총이 있는 곳으로 갈 수 없었다.

머리 양옆을 짧게 자르고 가운데를 초록으로 물들인 젊은 남자가 자기는 '그린 캣(Green Cat's, 초록 고양이)' 추장이라고 말했다. 추장은 우리가 누구인지, 왜 여기에 있는지, 어디를 가고 있는지를 알고 싶어했다.

드루어가 대답했다. 드루어는 일어나서 클라크 대장과 루이스 대장을 가리켰다. 그린 캣 부하들도 추장처럼 머리가 짧았고,

가슴에 줄무늬와 소용돌이 무늬를 그렸다. 눈가에 동그랗게 초록 칠을 해서 마치 먹이를 찾아 헤매는 늑대처럼 보였다.

그린 캣 추장이 머리를 가로저으며 드루어에게 말했다. 드루어는 추장이 우리가 문제를 일으키러 왔다고 생각한다는 말을 전했다. 그것도 큰 문제를 일으키러.

불가에 총이 두 자루 놓여 있었다. 그린 캣 추장이 총을 밟았다. 그린 캣 부하들이 재빨리 활을 들었다.

클라크 대장이 일어섰다. 클라크 대장은 우리에게 침착하고 움직이지 말라고 했다.

"싸우면 안 돼. 이기더라도 많은 희생이 따를 거야."

나는 불에서 떨어져 있는 나무에 등을 기대고 앉아 아기를 달래고 있었다.

"그린 캣은 아직 너를 보지 못했다. 이리 불가로 와라."

나는 미코를 요람에 눕혀 놓고 클라크 대장 옆에 섰다. 그린 캣 추장이 나를 바라보았다. 요람을 보았다. 미코가 엄마가 없어 보채며 우는 소리도 들었다.

잠시 동안 그린 캣 추장은 아무 말이 없었다. 자기 발과 나를 힐끗 보았다. 그러더니 한 마디 말도 없이 풀밭에 있는 총 두 자루를 집어들었다. 그리고 나서 부하들에게 손짓을 하자, 모두들 다가올 때처럼 조용히 미루나무 숲 속으로 돌아갔다.

사람들은 안심했다. 피곤한 것도 잊었다. 새벽부터 아무것도 먹지 못한 것을 뒤늦게 깨달았다. 나는 뾰족한 막대기를 잡고 카마시아 뿌리를 찾기 시작했다.

클라크 대장이 나를 세우더니 한 팔로 내 어깨를 감쌌다.

"네가 스캐논보다 훨씬 낫구나. 스캐논은 처음부터 짖었을 거야. 그러면 우리는 총을 잡았을 것이고, 사람들이 죽었을 거야. 우리는 모두 살아 있어. 겨우 총 두 자루만 잃어버렸을 뿐이야."

클라크 대장은 막대기를 잡은 채 나를 껴안아 주고는 카마시아 뿌리를 캐러 갔다.

얼마 지나지 않아, 비버한테 물린 스캐논의 상처가 아물었을 때 또 다른 나쁜 일이 일어났다. 아시니보인족 사건처럼 좋지 않은 일이었다.

저녁을 먹고 모두 잠들었을 때 보초를 서던 프라이어 하사는 스캐논이 크게 짖는 소리에 깜짝 놀랐다. 프라이어 하사가 그때 일어난 일을 우리에게 말해 주었다.

"보름달이 물에 비추고 있었어. 개가 그것을 보고 짖고 있다고 생각했지. 그런데 조금 뒤 물 튀기는 소리가 났고 들소 한 마리가 강을 헤엄쳐 건너오는 것이 보였어. 들소는 강에 이르러 배에 기어오르더니 강둑에 올라왔어. 무척 큰 놈이었지. 들소는 강둑에 서서 주변을 둘러보더니 우리 천막 쪽으로 왔어. 들소가 불을 보고 달려들어 불꽃이 흩날렸고, 천막 가까이 오자 스캐논이 달려들었어. 들소는 방향을 바꿔 나무를 짓이기며 도망을 쳤지.”

이때 모두가 잠에서 깼다. 아기를 안고 있던 나와 총을 든 남자들은 서로 바라보다가 보초에게 무슨 일이 일어난 것이냐고 물었다.

스캐논은 곧 또다시 영웅이 되었다. 황소만 한 사슴이 우리 앞쪽 강둑에서 풀을 뜯고 있었다. 우리는 더 가까이 다가갔고 최고 사냥꾼 조지 드루어가 단 한 방으로 상처를 입히자 사슴은 달아나기 시작했다.

스캐논은 거의 매일 다람쥐를 잡아서 루이스 대장에게 가져갔다. 루이스 대장은 다른 고기보다 다람쥐 고기를 유달리 좋아했다. 사냥에 지친 스캐논이 큰 입을 벌리고 혀를 내밀며 가쁜 숨을 몰아쉬고 있었다. 하지만 사슴을 보고 바로 일어나 카누 밖으로 뛰쳐나갔다. 사슴을 뒤쫓아가서 강물 속에서 맞붙어 싸웠고, 사슴이 물에 빠져 죽을 때까지 붙잡고 늘어졌다. 루이스 대장이 스캐논에게 큰 사슴뼈를 주었다. 개는 더 달라고 했다.

남자들은 사슴고기를 보고 무척 기뻐했다. 남자들은 몸이 야위어 갔다. 오랫동안 단 하루도 편안하게 지낸 날이 없었다. 반쯤 벌거벗은 몸은 햇볕에 그을려 갈색으로 변했고, 삐걱거리는 카누 때문에 애를 먹고 있었다. 어떤 날은 깊은 진흙에 빠지며 밧줄을 끌며 다녔다. 또 어떤 날은 나무 가시에 찔리기도 하고 푸석푸석한 바위에서 미끄러지기도 했다. 종종 사람들은 삿대로 배를 밀며 다녔다. 얕은 강물에서는 배에서 내려 직접 밀었다. 어떤 때는 배에 묶은 밧줄을 끌며 가파른 절벽으로 올라가야 했다. 바람을 타고 순조롭게 가는 날이 며칠 안 되었다. 나는 사람들을 지켜보며 왜 포기하지 않는지 궁금했다.

스캐논이 공을 세운 다음 날, 사냥꾼들이 사슴 두 마리를 더 잡았지만 그 날도 다른 날처럼 여전히 힘든 날이었다. 늦은 오후에 타닥타닥 소리를 내는 메뚜기 떼가 새까맣게 몰려와 우리들을 덮쳤다. 나는 담요로 미코를 덮어 주고 카누 바닥에 엎드렸다.

날이 좋지 않아 겨우 11킬로미터 정도 강을 거슬러 올라갔다. 그 날 밤 크루자는 바이올린을 꺼내고, 오드웨이는 탬버린을, 드루어는 호른을 꺼냈다. 우리는 큰불을 피웠다. 사슴 갈비를 불에 줄지어 늘어놓았다. 남자들은 불 주위에 앉아 사슴고기를 먹으며 이야기를 나누고 고향 노래를 불렀다.

16장

고통의 나날들

나는 몹시 앓았다. 다음 날 새벽이 되기 전에, 땀에 흠뻑 젖은 채 깨어났다. 해가 솟을 땐 마치 피가 물로 바뀐 듯 추웠다. 너무 아파서 아침마다 했던 불을 피우는 일을 할 수 없었다.

샤르보노가 다가왔다.

"왜 자고 있지? 배고파. 클라크 대장도 배고프다. 왜 불이 없어?"

대답할 힘도 없었다. 심지어 샤르보노가 발로 옆구리를 찔렀을 때도 아무 말도 하지 않았다.

클라크 대장이 일어나서 나를 보았다. 그리고 내 이마에 손을 얹어 보며 샤르보노에게 말했다.

"이 여자는 열병을 앓고 있어. 내가 약을 줄 테니 당신은 불을 피워."

검은 가루약을 한 숟가락 정도 털어 넣고 물을 한 잔 마셨는데 몹시 쓴맛이 났다. 미코가 태어난 날 먹었던 방울뱀 꼬리보다 더 맛이 없었다. 그 약은 효과가 없었다. 떠나려 할 때는 너무 몸이 약해져서 배로 실려갔다.

해가 뜨겁게 내리쬐었다. 하지만 아침 내내 무거운 담요를 덮고 누워 있어야 했다. 해가 구름 사이를 오가며 햇빛을 비추기도 하고 그림자를 드리우기도 했다. 그림자가 질 때에는 전에 보지 못했던 이상한 얼굴이 떠올랐다. 그러면 무서워서 다시 해가 나올 때까지 눈을 감았다.

클라크 대장이 검은 약을 또 주었다. 아기를 돌보려고 두 번 일어났을 뿐 내내 누워 있었다.

강물이 빠르게 흘렀다. 배에서는 삿대로 밀고, 강가에서는 밧줄로 잡아당기면서 사람들은 금방 지쳤다. 클라크 대장은 밤이 되기 전에 일찍 야영장을 만들기로 했다. 클라크 대장은 내 병을 걱정했다. 그가 천막 밖에서 루이스 대장과 샤르보노와 이야기를 나누는 소리가 들렸다.

루이스 대장이 말했다.

"사카가와가 죽으면 어쩌지? 아기는 어떻게 하지? 우리는 아기를 데리고 산을 넘고 강을 건널 수는 없어. 아기는 들소고기, 사슴고기, 오리, 거위 아무것도 먹을 수 없어. 젖을 먹어야 하는데 우린 젖이 없어. 사카가와에게 무슨 일이 일어나기 전에 만단 요새로 돌아가라고 말해야겠어. 요새에는 아기에게 젖을 먹일 여자들이 있을 거야."

클라크 대장이 말했다.

"사카가와가 건강을 회복할 때까지 기다려 봅시다. 무엇보다 모든 사람들이 그 여자를 좋아해. 사카가와는 사람들에게 활기를 주지. 또 중요한 것은 우리가 만나게 될 인디언들에게도 좋은 인상을 줘. 우리가 아기와 아기 엄마와 함께 있는 것을 보면 인디언들도 우리가 자기들을 해치려는 것이 아니라 친구가 되려는 것을 알게 돼. 또 한 가지, 이제부터 우리는 사카가와가 잘 아는 산악 지역으로 들어가는데 여기서는 이제 배가 필요 없어. 사카가와가 우리를 위해 찾아줄 수 있는 말이 필요하단 말이야. 우리는 이 여자가 꼭 필요해."

루이스 대장이 샤르보노에게 물었다.

"당신 생각은 어때? 당신은 그 여자의 남편이오."

"그 여자는 죽어요. 장 바티스트 샤르보노도 죽어요. 우린 빨리 돌아가는 게 좋아요."

나는 샤르보노 대답에 놀라지 않았다. 샤르보노가 만단 요새로 돌아가고 싶어하는 이유를 알고 있기 때문이었다. 샤르보노는 두 대장과 싸웠고 내가 설득해서 그들을 따라왔다. 나는 아직도 캐나다 사람들이 의심스러웠다. 샤르보노가 그들과 비밀 협상을 한 것이 아닐까?

클라크 대장이 말했다.

"아침까지 기다려 봅시다. 오늘 밤 손을 따서 피가 나도록 해 봐야겠어."

루이스 대장이 말했다.

"더는 안 돼요."

"거머리로 피를 빨게 하면 좋을 텐데. 그런데 미주리 강에선 한 마리도 못 봤단 말이야."

"날카로운 칼이 한 자루밖에 없어. 배가 뒤집히기 전엔 세 자루 있었는데."

"하나면 충분해. 날카롭기만 하면 돼."

나는 칼이 잘 드는지 아닌지 몰랐다. 그들은 내게 검은 약을 또 한 잔 먹게 했다. 피가 흘렀지만 아프지 않았다.

아침이 되자 더욱 피곤해졌고 긴 꿈 속으로 들어갔다. 일어나 보니 해가 중천에 떠 있었다. 나중에 알았는데 이틀 밤낮을 잠만 잤다. 배가 나무 그늘 아래로 움직이고 있었다.

샤르보노와 나, 그리고 미코 셋이서만 강을 따라 만단 요새로 돌아가고 있다는 생각이 잠시 들었다. 그때 클라크 대장이 나를 보며 말했다.

"좀 좋아졌구나. 넌 살아날 거야. 유령처럼 보이지만 예쁜 유령이야. 넌 살아날 거야."

"여기가 어디예요?"

나는 여전히 샤르보노와 아기와 함께 강을 따라 돌아가고 있다고 생각했다.

"우리는 블랙프트 땅에 왔어. 적어도 그들이 자기 땅이라고 주장하는 곳이지. 넌 그들 말을 아니?"

"많이는 몰라요. 한두 마디 정도 알아요. 그들은 오래 전, 내가 어렸을 때 소손족을 침략했어요. 사나운 사람들이에요."

"그들은 백인을 좋아하지 않는구나."

"그들은 다 싫어해요. 자기들 외에는 다 싫어해요. 자기들도 항상 좋아하는 건 아니에요."

"넌 멀리서 블랙피트족을 보면 알아보겠니? 옷이나 말을 보고도 알겠어?"

"네. 발자국만 봐도 알아요. 그들은 미네타리족이나 소손족과는 다르게 걸어요."

"우린 어제 모닥불과 발자국을 보았는데, 샤르보노는 그것이 시욱스족일 거라 했어."

"여긴 시욱스족과 아주 멀리 떨어진 북서쪽이에요. 그들은 봄에 여기까지 오지 않아요. 미네타리 사람들한테 들어서 알아요."

이틀 뒤 내가 시욱스족에 대해 아는 것을 보여 줄 기회가 왔다. 강에서 긴 밧줄을 당기던 남자가 밧줄에 걸린, 독수리 깃털이 달린 머리띠를 건져 올렸다. 그 깃털은 보통 독수리 깃털처럼 보였지만 나는 금방 알아보았다. 블랙피트가 좋아하는 붉은색이었다. 태양을 수놓고 태양에서 화살이 튀어나오게 바느질한 것을 보면 틀림없는 블랙피트 것이었다. 예전에 오빠가 블랙피트족 한 명을 죽이고 머리띠를 가져왔다. 강에서 건져 올린 머리띠는 그것과 똑같았다.

그 날 밤 루이스 대장은 다른 날보다 더 철저히 경계를 섰고, 다른 남자들도 모두 옷을 입고 잠을 잤다. 우리는 일주일 내내 야간 경계를 게을리 하지 않았다. 낮에도 어떤 조짐이 있을지 지켜봤다. 우리는 들소도 찾아보았다.

여드레째 되던 날, 벤 요크가 작은 구름이 서쪽으로 흩어지는 것을 보았다. 우리는 높은 절벽 아래 강물이 넓게 굽이치는 곳에 있었다. 클라크 대장은 배를 강둑에 묶어 놓으라고 명령했다.

클라크 대장은 사냥꾼 네 명과 샤르보노, 그리고 나를 데리고 갔다. 나를 데려간 이유는 블랙피트가 여자를 보면 공격하지 않을 거라 생각했기 때문이었다. 샤르보노는 남편이기에 시샘할까 봐 데려 갔고, 벤 요크는 예리한 눈과 귀와 코를 가졌기에 데려 갔다. 벤 요크는 멀리서도 들소 냄새를 맡았다. 강하게 풍기는 들소 냄새를 다른 사람들보다 잘 맡았다.

강물 위 높은 곳에서 클라크 대장이 우리에게 말했다.

"이 지역을 살펴보아라."

클라크 대장이 블랙피트를 걱정했기 때문에 나는 미코를 뒤에 남겨 두는 것이 좋겠다고 생각했다. 나는 미코가 태어난 뒤에 한 번도 그 옆을 떠난 적이 없었다. 내가 무엇을 하든, 미코는 요람에 누워 항상 가까이에 있었다. 그래서 미코와 가장 잘 놀아 주었던 오드웨이 중사와 크루자 이병에게 내가 없는 동안 아기를 보살펴 달라고 부탁했다.

덤불과 가시 돋친 나무 사이를 헤쳐 가야 하는 힘든 오르막길이었다. 우리는 바람 부는 산꼭대기에 올라갔다. 발 밑에는 드넓은 고원이 있었다. 내게는 푸른 연기밖에 안 보였다. 벤 요크는 머리를 뒤로 돌려 잠시 바람 냄새를 맡았다. 그러다 소리쳤다.

"저기 봐요. 서쪽 연기 너머에 작은 점. 저건 들소입니다!"

작은 점이 점점 더 커졌다. 그것은 강이 되었다. 들소들은 흐르는 짙은 강이었다. 말 탄 사람들이 고원에서 들소 떼를 몰고 있었다.

클라크 대장이 샤르보노에게 물었다.

"저들이 누구지? 블랙피트인가?"

"아뇨. 아리카라나 아시니보인일 겁니다."

클라크 대장은 말 탄 사람들이 누구인지 내게 다시 물었다. 나는 알고 있었지만 아무 말도 하지 않았다. 남편과 다른 말을 하고 싶지 않았다.

"중요한 일이야. 가능하면 블랙피트와 정면 충돌하고 싶지 않아. 제니, 저들이 누구야?"

"블랙피트 같아요."

"블랙피트 같은 거야, 확실한 거야?"

"확실해요."

샤르보노가 투덜거렸다.

"네가 틀렸어. 소손족이란 그저 저렇다니까. 아리카라 아니면 아시니보인이야."

나도 중요한 일이기에 목청을 높였다.

"블랙피트예요."

클라크 대장이 물었다.

"어떻게 알지?"

"블랙피트는 등에 흰 점이 있는 검은 말을 타요."

그들이 가까이 왔다. 우리는 덤불 속에 웅크리고 몸을 숨겼다.

한 명이 그 무리 앞에서 달려오고 있었다. 그 사람은 들소 옷을 입었고, 어깨까지 내려오는 들소 모자를 썼다. 그 사람은 들소처럼 보였다.

그 사람은 들소 떼를 유인하여 절벽 끄트머리까지 끌어들였다. 그러다 잽싸게 나무 뒤로 숨었다. 앞에 가는 들소들은 뒤따라오는 들소들이 끊임없이 밀어붙이고, 말을 탄 사람들이 뒤에서 총을 쏘며 소리를 질렀기 때문에 뒤로 돌아설 수 없었다. 강물처럼 들소들이 절벽 아래로 쏟아졌다. 마치 폭포수가 떨어지듯 아래에 있는 평원으로 떨어져 죽었다.

블랙피트는 사흘 동안 들소고기를 모아 가져갔다. 그러나 그들이 가져간 고기는 일부에 지나지 않았다. 수백 마리나 되는 죽은 들소들이 남아 있었다. 우리도 그 중 일부만 배에 저장할 수 있었다.

들소 떼를 절벽으로 유인한 젊은 사냥꾼은 숨은 곳에서 쓸려 나와 죽었다. 블랙피트는 풍습에 따라 송장을 들소 가죽으로 싸서 높은 나무에 매달았다. 굶주린 짐승의 먹이가 되지 않게 하기 위해서였다.

벤 요크가 말했다.

"나도 죽으면 저렇게 되고 싶어. 바람이 불고, 햇빛이 비추고, 새들이 노래하는 나무에 말이야."

"그래요. 하지만 지금은 아니에요."

"앞으로 한참 뒤겠지."

클라크 대장은 주변을 거닐며 덤불에서 꽃을 따 모으고 있었다.

"대장님은 왜 만단 요새를 떠났을 때부터 매일 뭘 모으시죠?"

"저분은 백인들의 위대한 대추장 토마스 제퍼슨에게 보여 주려고 모으는 거야. 루이스 대장은 더 많이 모아."

"백인 추장은 블랙 모카신 추장과 같은가요?"

"그건 들소와 모기를 비교하는 거야."

"그렇게 위대하다면 왜 스컹크 가죽, 작은 물고기, 염소 뿔, 벌새 깃털, 영양 가죽, 사슴 가죽, 들소 가죽, 비버 꼬리, 올빼미, 뱀, 개구리, 도마뱀 같은 걸 갖고 싶어하죠?"

"토마스 제퍼슨은 호기심이 많아. 그래서 우리 모두가 여기 있는 거야."

클라크 대장이 꽃 모으기를 멈추고 샤르보노에게 물었다.

"강 위로 얼마나 가 보았소?"

샤르보노는 눈 덮인 산을 가리키며 말했다.

"멀리 블랙피트 지역까지 가 보았습니다."

거짓말이었다. 바로 전날도 샤르보노는 내게 모든 것이 낯설다고 말했다. 샤르보노는 이 지역을 와 본 적이 없었다.

"강물이 너무 좁아요. 말이 필요해요."

클라크 대장은 조바심이 났다.

"말을 어디서 구하지?"

"만단족이요."

"만단 요새로 돌아가자고?"

"그렇죠."

샤르보노는 클라크 대장이 화난 것을 몰랐다. 클라크 대장은 머리를 흔들었다.

"카누를 숨기고 돌아가요. 만단족에게 가서 말해요. 말을 구한다고."

"그러면 우리가 산에 이르기도 전에 겨울이 될 거야. 지금이 유월인데도 산 위엔 눈이 있어. 십일월이면 눈이 쌓여 움직일 수가 없을 거야."

클라크 대장은 꽃을 집어들고 오드웨이 중사와 함께 자리를 떴다. 샤르보노는 그들이 들을 수 없을 때까지 기다리다 말했다.

"오늘 밤, 우리는 강을 따라 내려가는 거야. 빨리!"

샤르보노는 내가 잠자코 있지 않으면 어찌 될 것인지 보여 주려는 듯 내 팔을 잡아 비틀었다.

"넌 클라크가 위대한 사람이라 생각하니? 이 미친 소손 년아. 소손족들은 모두 미쳤어. 가자 지금. 블랙피트가 와서 다 죽일 거야. 네 가족은 없어, 다 죽었어."

이것도 거짓말이었다. 내가 고향 사람들을 잊지 않는다는 것을 잘 알기에 꾸며 낸 말이었다. 고향 이야기를 하지 않았지만, 내가 긴 여행을 따라가는 한 가지 이유가 살아 있는 고향 사람들을 만나고 싶어서라는 것을 샤르보노는 알고 있었다.

"블랙피트가 장 바티스트를 죽인다. 내 아들 장 바티스트 샤르보노를 죽인단 말이야."

블랙피트가 무서워 돌아가자는 것일까? 아니면 클라크 대장이 실패할 거라고 확신하는 것일까? 폭설이 내리기 전에 우리가 산에 도착하지 못할 거라 생각하는 것일까?

그 날 밤 천막에서 오드웨이 중사와 클라크 대장이 자고 있을 때, 샤르보노는 아기를 데리고 강으로 내려갔다. 샤르보노는 내가 따라올 것이란 걸 알고 있었다. 나는 조용히 가죽신을 신었지만 천막을 나오면서 오드웨이 중사의 손을 세게 밟았다. 오드웨이 중사는 일어나 눈을 비비고 큰 소리로 짜증을 냈다. 나는 나지막이 말했다.

"오세요."

샤르보노는 카누 안에서 무릎을 꿇고 있었다. 요람은 그 옆에 있었다. 나는 미코와 요람을 등에 멨다. 천막 앞에서는 모닥불이 타고 있었다. 갑자기 어둠 속에서 총이 불을 뿜었다.

샤르보노가 엎드리며 노를 두 손으로 잡고 내게 소리쳤다. 오드웨이 중사가 강둑에 서 있었다. 다시 총을 쐈다. 총알이 카누 앞 물을 칠 때 샤르보노가 노를 떨어뜨렸다.

"돌아와서 자라. 내일은 더 많은 가시덤불, 진흙, 미끄러운 돌, 더 많은 어려움이 있단 말이야. 돌아와. 우린 네가 필요해."

샤르보노가 투덜거렸다.

"훨씬 더 많은 어려움이 있겠지."

17장

흐르는 강물 따라

다음 날 아침, 길을 나서기 전에 클라크 대장이 천막으로 왔다. 샤르보노는 아침을 먹고 불 앞에 누워 있었다.

클라크 대장은 추워서 들소 가죽을 덮어쓰고 있었다. 화가 난 눈빛이었다.

"어젯밤에 무슨 일이 있었지? 오드웨이 중사가 그러는데, 카누를 타고 도망가려 했다더군. 사실인가?"

샤르보노가 재빨리 대답했다.

"이 소손 년이 나, 샤르보노를 깨웠어요. 이년이 울면서 미네타리한테 데려가 달라고 애원했어요. 이년은 블랙피트를 무서워해요. 아기를 걱정해요. 우리 아기 장 바티스트 말이오."

클라크 대장은 내가 무슨 말을 할지 기다렸다. 나는 미코를 요람에 눕히고 아무 말도 하지 않았다. 잠자코 있어야 한다는 경고를 잘 알고 있었다.

"내 소손 아내는 모든 것이 두려워요. 우린 이제 떠날 거요. 미안하오."

"당신이 원한다면 가도 좋소. 그 동안 일한 만큼 돈을 주겠소. 하지만 카누는 타고 갈 수 없소. 우린 여기 있는 모든 배가 필요하니까."

"나보고 걸어가라고?"

"걸어가시오."

"너무 멀어요."

"그래, 먼 길이지."

클라크 대장은 등을 돌리고 강으로 내려갔다.

샤르보노는 마지막 남은 들소고기를 먹었다. 들소고기를 입에 물고 칼로 두 조각으로 잘랐다. 그러고는 턱수염 위 입을 닦고 천막을 접으러 갔다. 샤르보노가 가자마자 나는 클라크 대장을 따라갔다. 대장은 전날 수집한 것을 카누에 담고 있었다.

"네가 가는 것을 원하지 않아. 사람들이 너를 그리워할 거야. 넌 그들 마음을 사로잡았어. 그들은 네가 가면 자기들도 돌아가겠다고 해. 마음 내키는 대로 하는 사람들이야."

"샤르보노가 거짓말을 했어요. 전 울지도 애원하지도 않았어
요."

"우리와 함께 가고 싶어?"

"네."

"하지만 넌 샤르보노가 무슨 말을 할지 무섭지?"

"아뇨. 무섭지 않아요. 성질이 고약한 사람이어요."

"우리는 네가 필요해. 여행은 멀고도 험했어. 하지만 여기부
터 높은 산으로 들어가면 더욱 험하고 위험할 거야. 무슨 말인지
알겠어?"

"알아요."

"그래도 가고 싶어?"

"가겠어요."

"돌아가고 싶다면 말리지 않겠어. 너와 아기는 안전하게 돌아
갈 수 있어. 그래도 정말 우리와 함께 갈래?"

내 마음을 돌이킬 수 있는 것은 아무것도 없었다. 어디를 가든
따라가려 마음먹었다.

"네. 꼭 따라가겠어요."

날이 밝았다. 햇살이 나무 사이를 비추었다. 클라크 대장 머리
는 햇살을 받아 밝은 구릿빛이 났다.

샤르보노는 통나무배로 다가가서 난간 너머로 담요를 던졌

다. 그리고 카누에 올라타더니 노를 잡았다. 카누에는 크루자와 드루어, 루이스 대장이 타고 있었다. 샤르보노는 마치 아무 일도 없었다는 듯이 친근한 목소리로 그들에게 말을 걸었다. 나를 보고 웃기까지 하며 언제 장 바티스트 샤르보노에게 젖을 먹일 거냐고 물었다.

"자, 들소의 나라로 갑시다. 나 샤르보노는 들소를 죽일 거요. 들소는 좋은 음식이지. 들소는 등심이 가장 맛있어. 등심을 장 바티스트에게 요리해 줘야지."

나는 샤르보노에게 아기는 이가 없다고 말했다.

"이가 언제 나지?"

"내일은 아니에요."

"장 바티스트는 달라. 샤르보노 아들은 곧 이가 많이 날 거야. 나 샤르보노처럼 들소를 씹어야지."

다음 날, 우리는 수천 마리의 들소를 보았다. 들소들이 떼 지어 풀을 뜯고 있었다. 그 수가 얼마나 많은지, 땅 끝까지 펼쳐져 있었다. 늑대 몇 마리가 소몰이꾼처럼 주변을 맴돌았다. 늑대들은 들소가 다치거나, 새끼 들소가 길을 헤매기를 기다려 갑자기 덤벼들려는 것이었다.

샤르보노와 사냥꾼들이 나가서 들소 일곱 마리를 잡아 고기를 가져왔다. 우리가 일주일 동안 먹기에 충분한 양이었다. 샤르보노는 약속한 대로 미코에게 줄 등심을 가져왔고 소젖처럼 하얀 창자도 가져왔다. 나보고 등심을 잘게 토막내라고 하더니 미코에게 한 점 먹이려 했다. 하지만 미코는 먹지 않았다. 어쩔 수 없이 샤르보노는 국물만 몇 숟갈 떠먹었다.

다음 주에도 날마다 들소들을 보았다. 사냥꾼들은 가져올 수 있는 한 최대한 고기를 가져왔고, 나는 고기를 훈제해서 비상 식량으로 만들었다. 우리는 블랙피트 야영지 두 곳을 발견했다. 그중 한 곳에서 어느 여자의 발자국을 보았다. 그 발자국은 이상해 보였는데, 그것을 보자 블랙피트족이 몸가짐이 헤픈 여자들의 발가락을 자른다는 기억이 났다.

그 날 밤. 루이스 대장이 우리에게 신발을 신은 채 자고 모닥불을 크게 피우라고 지시했다. 블랙피트족은 들키지 않고 천막으로 기어오는데 능숙했다.

블랙피트족은 잔인했다. 쉽게 화를 내고, 약속을 어기고, 도둑질하고, 불태우고, 사람들을 죽였다.

다음 날 우리는 블랙피트족을 경계하며 눈 덮인 산꼭대기를 향해 강을 따라 올라갔다. 블랙피트족이 나타날 조짐은 없었지만, 루이스 대장과 클라크 대장에게는 또 다른 문제가 생겼다. 그것은 적대적인 블랙피트족보다 훨씬 더 어려운 상대였다.

그 날 정오에 우리는 넓은 강에 이르렀다. 지나온 강만큼 넓지는 않았지만 강물이 빠르고 사나웠다. 우리가 지나온 강을 미네타리족은 '아마테 아자'라 부르고, 두 대장은 '미주리 강'이라고 불렀다. 미네타리족은 이 사나운 강을 우리가 볼 수 있게 지도를 만들었는데, 이 강을 '모든 이를 꾸짖는 강'이라고 불렀다. 루이스 대장은 예전에 알았던 한 소녀를 생각하며 '마리아 강'이라 이름 붙였다.

우리는 떠나기 전에, 섬 중앙에 깊은 구멍을 파서 당장 없어도 지낼 수 있는 무거운 식량과 도구들을 묻었다. 빨간 통나무배는 끌어당겨 나무에 묶고 블랙피트족이 발견하지 못하도록 덤불로 덮었다.

밤새 비가 주룩주룩 내렸다. 하지만 아침이 되자 땅은 커다란 은빛 호수처럼 펼쳐졌다. 멀리 보이는 산들이 반짝였다. 까치들이 검고 흰 깃털을 보이며 날았다. 나는 미코에게 향기로운 꽃을 따 주었다. 그런데 이 녀석은 장미 봉오리 같은 입을 벌려 그것을 먹으려 했다.

우리는 두 줄기 큰 강이 만나는 지점에 있었다. 어느 쪽으로 가야 추운 겨울이 오기 전에 산에 이를 수 있을까? 두 대장은 하루 종일 이야기했지만 결정을 내리지 못했다. 샤르보노가 마리아 강으로 가는 것이 좋겠다고 했다. 이 말을 듣고 클라크 대장은 미주리 강이 좋겠다고 생각했다.

두 대장은 하루 더 이야기를 나누었다. 그러고 나서 각각 다른 방향으로 가서 언덕에 올라 쌍안경으로 살펴보았다. 돌아와서 남쪽 물줄기인 '아마테 아자'라는 미주리 강으로 가기로 했다.

샤르보노와 나는 카누를 타고 '모든 이를 꾸짖는 강'을 떠날 준비를 했다. 두 대장은 아직도 우리가 미주리 강으로 가야 하는지 확신하지 못하며, 강가를 걷고 있었다. 요크는 우리 바로 앞에 있는 카누에 있었다. 산들바람이 불자 바람을 타려고 돛을 올렸다.

요크가 뒤돌아보며 샤르보노에게 소리쳤다.

"어떻게 생각해? 미주리 강 바람은 뱀 같아. 바람이 너무 많이 부는 것 같아."

샤르보노가 요크에게 소리쳤다.

"양쪽 모두 바람이 세겠어. 머리가 어지럽지 않나, 까만 양반?"

우리 카누도 산들바람을 탔지만, 요크가 탄 카누가 멀어졌다. 샤르보노가 노를 힘차게 저어 우리 배가 요크에게 바짝 다가갔다.

물살이 빨라졌다. 그 뒤로 사흘 동안 요크는 물가에서 밧줄을 당겨야 했다. 요크는 보통 루이스 대장과 같은 카누를 탔는데, 노예로서 루이스 대장을 돕는 일, 즉 쌍안경을 건네주거나 루이

스 대장이 시키는 일을 했다. 요크가 걸어가는 강둑에는 가시덤
불이 많았다. 요크는 발이 부풀어올라 거의 걸을 수가 없게 되었
다.

샤르보노가 놀려 댔다.

"이봐, 아픈 양반. 자넨 금방 죽을 거야. 집에 가는 게 좋겠
어."

요크는 아무런 대답을 하지 않았다. 샤르보노는 잇따라 지껄
였다.

"미친 깜둥이야. 대장이 말하면 무엇이든 하는 노예야. 소손
년처럼 노예라니까."

내가 조용히 말했다.

"당신과 결혼할 때 난 노예였지만, 지금은 아니에요."

"지금은 아니라고? 그러나 넌 다시 노예가 돼. 저 미친 깜둥
이처럼 말이야. 인디언들도 마찬가지지. 모든 인디언들도 곧 노
예가 될 거야."

"우리는 대장들과 함께 가기로 했어요. 기억하죠? 그들을 돕
기로 했어요."

"나 샤르보노는 싫다고 했고 소손 년이 좋다고 했다. 소손 년
은 간다고 했고, 투생 샤르보노는 안 간다고 했다. 기억하지?
어?"

나는 요람을 샤르보노에게 돌렸다. 내 아들 미코가 귀엽게 웃고 있어서 샤르보노는 손을 뻗어 미코를 어루만졌다.

"장 바티스트는 노예가 아니다. 장 바티스트 샤르보노는 노예가 아니란 말이야."

샤르보노는 넓은 노를 내 머리 위에 들이대며 말했다.

"알겠어요. 그래요."

하루 종일 장대비가 내렸지만 땅은 아름다웠고 들소들이 많았다. 클라크 대장은 들소가 만 마리가 넘을 거라고 했다.

일행은 걸어가는 길에 있는 가시덤불 때문에 고통스러웠다. 가시가 가죽신을 뚫어서 거의 맨발이나 다름없었다. 클라크 대장이 사냥꾼들에게 새 신을 만들 가죽을 구해 오라고 했다.

들소 몇 마리가 강둑에서 풀을 뜯고 있었다. 소들은 멈칫 카누를 바라보았지만 달아나지는 않았다. 맨 앞 카누에 타고 있던 사냥꾼들이 총을 쏴 한 마리를 죽였다. 세 번째와 네 번째 총알이 큼직한 수소 한 마리에 명중되었다. 수소는 달아나기 시작했으나 다섯 번째 총알이 뒷다리를 꺾자, 우리를 뒤돌아보았다.

수소는 발을 절며 강둑까지 걷다 멈추었다. 버티고 서서 적을 찾아 머리를 이리저리 돌렸다. 입에서 피가 흘러나왔다. 텁수룩한 앞머리 아래에서 두 눈이 감기고 있었으나 버티고 서서 큰 소리로 울부짖었다. 목청에서 신음소리가 나더니 몸이 옆으로 쓰러지고는 아예 움직이지 않았다.

샤르보노가 말했다.

"가끔 들소가 없을 때도 있어. 백인들은 들소를 죽이지. 들소는 아무데도 없어."

나는 사냥꾼들이 잡은 들소 열 마리에서 가죽 두 장을 벗겨 불에 그을렸고, 몇몇 남자들이 신을 가죽신을 만드는 것을 도왔다. 남편은 신발이 필요 없었다. 처음부터 미끄러운 바위와 가시덤불을 걸으며 밧줄을 당기지 않겠다고 했기 때문이다.

사냥꾼들이 들소를 더 잡았다. 살이 통통한 송어도 한 바구니 잡아 훈제시켰다. 우리는 미네타리족과 만단족 들이 말해 준 '미주리 폭포'를 향하여 미주리 강을 거슬러 올라갈 준비를 했다. 만년설에 덮인 산이 멀리 보였다.

우리가 떠나기 전에 루이스 대장에게 좋은 일이 생겼다. 새끼 올빼미 한 마리가 뒤엉킨 버드나무에서 둥지를 틀고 있었다. 루이스 대장은 하얗고 주먹보다 작은 올빼미를 본 적이 없었다. 루이스 대장은 앉아서 그걸 무릎에 올려놓고 일지를 썼다. 올빼미의 발톱 수, 깃털 수, 그리고 눈 색깔 등을 적었다. 너무 흥분해서 아침 식사가 식는지도 몰랐다.

18장

험난한 육로 운반

우리는 이미 떠날 준비가 되었지만 루이스 대장은 아직도 '모든 이를 꾸짖는 강'과 '아마테 아자'라는 미주리 강 중에서 어떤 강을 따라서 가야 할지 결정하지 못했다.

루이스 대장은 몇 사람을 데리고 남쪽 물줄기를 타고 올라가 '미주리 폭포'를 찾아보았다. 만일 찾는다면 남쪽이 눈 덮인 산으로 가는 강이란 걸 의미했다.

루이스 대장은 거의 보름 동안 찾아다녔다. 남자들은 옷이 다 해져서 저녁에는 손수 옷을 지었다. 나도 그들을 도와 옷을 지었다. 쉬지 않고 짓다 보니 너무 힘들어서 병이 나고 말았다. 머리를 들 수도 없었다. 할 수 있는 일이란 겨우 아기에게 젖을 먹이는 일뿐이었다. 아픈 엄마와 함께 있는 불쌍한 내 아기. 아기가 잘 자라면 얼마나 좋을까!

클라크 대장이 주머니칼로 내 팔을 째서 피가 나게 하고 독한 약을 먹여 주었다. 루이스 대장이 돌아왔을 땐 나는 그저 양지에 앉아 있을 뿐이었다. 하지만 그래도 좀 나아졌다.

클라크 대장은 내게 사골, 등심, 차돌박이 같은 가장 좋은 부위만 먹게 했다. 루이스 대장이 돌아와 미주리 폭포에서 본 것을 얘기하자 불가에 앉아 내게 그 말을 전해 주었다.

"루이스 대장이 평지를 따라 가다가 물 떨어지는 소리를 들었대. 소리 나는 쪽으로 가 보니 연기 기둥이 솟구쳐 올라오는 것 같았대. 미주리 폭포를 발견한 거야. 그리고 루이스 대장은 폭포 위에 있는 바위에 올라갔대. 밑은 절벽이고 폭포수가 엄청나게 떨어졌다는 거야. 흐르는 물은 갖가지 모양을 하며 바위에 부딪쳐 크게 소용돌이치고 땅을 흔들었대."

나는 '미주리 폭포' 이야기를 들으면서 잠들었다. 아침 햇살이 비출 때 일어나자 기운이 나서 샤르보노와 내가 먹을 아침을 준비할 수 있었다.

샤르보노가 말했다.

"클라크 대장은 네가 죽을까 봐 걱정한다. 네가 죽으면 소손 족한테 말을 구하지 못할까 봐 걱정해. 그래서 난 돈을 달라고 해야겠어."

샤르보노는 클라크 대장에게 직접 돈을 요구하지는 않았다. 내가 없으면 눈이 오기 전에 산을 넘기 위해 필요한 말을 구할 수 없을 거라 했다. 클라크 대장은 샤르보노 말을 무시했다. 며칠 동안 떠날 준비를 했지만, 샤르보노는 말없이 돌아다니기만 하고 조금도 도와주지 않았다.

루이스 대장은 자기가 돌아본 강에는 큰 폭포가 다섯 개 있어서 수레를 끌고 걸어가야 한다고 했다. 여섯 명이 미루나무를 묶어 수레를 만들었다.

루이스 대장에겐 특수 제작한 카누가 있었다. 틀을 쇠로 만들고 사슴 가죽을 덮은 것으로, 길이가 열두 걸음 정도 되었다. 루이스 대장은 강을 떠나 육지로 가야 하니까 그 카누를 가져가는 게 좀 더 편할 것이라고 했다. 이럴 때를 대비했던 것이다. 하지만 카누는 물에 띄우자 가라앉았다. 소중한 나침반과 여러 가지 중요한 물건들을 잃었다. 카누를 대신할 통나무배 두 척을 새로 만들어야 했다.

클라크 대장이 폭포 주변을 둘러보려고 먼저 가 보았다. 돌아와서 하는 말이 거리가 30킬로미터밖에 안 되지만 가시덤불이 많다고 했다. 클라크 대장은 길마다 말뚝과 작은 깃발로 표시를 해 두었다.

남자들이 야영장 근처에 있던 백곰 섬에 큰 통나무배를 숨겼다. (그 곳에 숨긴 이유는 백곰이 아주 많아 도둑질하는 블랙피프가 접근하지 못할 거라 생각했기 때문이었다.) 통나무배를 절벽으로 올리고 수레 두 대를 끌며 험난한 30킬로미터의 육로 운반을 시작했다.

가는 길은 여러 가지로 험난했다. 첫날은 우박이 내리고 둘째 날은 눈이 왔다. 밤낮의 기온 차가 심해졌다. 밤에는 매서운 바람이 불었고 서쪽에서 먹구름이 일어났다.

클라크 대장, 샤르보노, 벤 요크, 그리고 나는 — 미코가 무서우면 울기 때문에 미코를 요람에 두지 않고 팔에 안고 있었다. — 강에서 멀지 않은 깊은 계곡으로 갔다.

샤르보노가 말했다.

"저 하늘 좀 봐. 날씨가 사납겠어. 나무 아래로 가는 게 좋겠어."

클라크 대장이 말했다.

"그보다는 동굴을 찾는 게 좋겠어."

그러나 나무도 동굴도 없었다. 우리는 선인장이 듬성듬성 있는 계곡에 있었다.

클라크 대장이 우리를 이끌고 강둑을 따라 산골짜기로 들어갔다. 여기서 육로 운반을 시작한 첫날부터 불어오던 비바람을 피할 수 있는 바위 밑을 발견했다. 바람이 다시 불어도 쉽게 강으로 쓸려 가지 않을, 안전한 은신처가 생긴 것이다.

샤르보노와 클라크 대장은 총을 내려놓았다. 클라크 대장은 웃옷을 벗어 나침반과 도중에 가져온 과일 꾸러미를 덮었다. 벤 요크는 들소 사냥을 하려고 골짜기 밖으로 나갔다.

번개가 치고 천둥이 울렸다. 골짜기는 누런 번개 빛과 요동치는 소리로 가득했다. 처음에는 비가 조금씩 오더니 큰 우박과 섞여 내렸다. 그러다 갑자기 큰 덩어리로 떨어졌다.

비와 우박이 내리는 가운데 골짜기 위에 누런 물이 몰리는 게 보였다. 그것이 우리 쪽으로 움직이고 있었다. 내가 요람을 찾지도, 경고 소리를 지르지도 못하고 있는데, 클라크 대장이 내 팔을 잡았다. 클라크 대장은 나와 아기를 가파른 절벽 위로 밀어 올렸다.

샤르보노는 벌써 기어올라가 있었다. 샤르보노가 손을 뻗어 내 소매를 잡아 주었지만 겁을 먹고 놓치고 말았다.

"당신이나 조심해요. 우린 안전해요."

하지만 안전하지 않았다. 한 손으로는 필사적으로 아기를 붙잡고, 다른 손으로는 두 바위 틈에서 자란 넝쿨을 꽉 쥐었다. 내가 올라선 바위는 좁고 미끄러웠다. 머리 위엔 아무것도 없었다. 우박이 얼굴을 때렸다.

클라크 대장은 아래에서 바위를 잡고 있었다. 대장이 쓰고 있던, 끈이 턱까지 내려오는 모자가 없어지고 머리털이 눈을 가렸다. 대장은 손으로 머리를 쓸며 애써 웃으려 했다.

밑에선 누런 흙탕물이 계곡을 삼켰다. 큰물은 앞에 있던 바위를 밀어내며 굽이쳐 흘러갔다. 물높이가 내 키보다 높았다. 미코요람, 클라크 대장 나침반, 샤르보노 총, 모든 것들이 사라졌다.

클라크 대장이 소리쳤다.

"거기 그대로 있어. 비바람이 멈출 때까지 기다릴 거야. 우린 돌아갈 수 없어. 진흙에 빠져 죽어. 우린 더 올라가야 해. 위에 평지가 있어. 어제 탐사할 때 봤어."

진눈깨비가 눈으로 바뀌었다. 나는 아기를 무릎에 놓고 튀어나온 바위에 앉아 있었다. 눈을 감고 수호신께 기도했다. 독수리 한 마리가 먼 하늘에서 날아와 내리는 눈을 가르며 사라졌다. 좋은 징조였다. 눈이 그치고 해가 나왔다.

클라크 대장이 말했다.

"이제 올라가자. 가능한 한 빨리 가야 해."

나는 망토를 벗어 포대기 삼아 아기를 업었다. 우리는 미끄러운 바위와 갈라진 틈을 조심하며 걸었다. 햇볕이 뜨거워지자 미코가 울기 시작했다. 나는 아기를 달래며 발을 꼭 잡아 주었다.

요크가 우리를 기다리고 있었다. 요크가 큰 도끼로 뇌조 한 마리를 잡아서 불에 구웠다. 불 앞에 있던 샤르보노가 날개를 찢어 미코에게 빨아먹으라고 주었다.

폭포를 돌아가려 하자 햇볕이 다시 뜨거워졌다. 금방 땅에서는 수증기가 올라왔다. 정오가 되자 각다귀들이 수없이 달려들어 눈을 가렸다. 우리는 머리에 각다귀를 피할 수 있는 그물을 썼다.

햇볕이 따스해지자 겨울잠을 자던 방울뱀들도 기어나왔다. 팔뚝만 한 뱀들이 사방에서 꿈틀거렸다. 스캐논은 수레를 타고 왔지만 미코에게 얼이 빠져 있었다. 스캐논은 뛰쳐나와 우리를 따라다니다가 뱀한테 입을 물렸다.

개 얼굴이 부풀어올라 두 배나 커졌다. 두 눈은 보이지도 않았다. 나는 정성껏 개를 보살폈다. 그 날 밤 야영할 때는 개에게 죽을 끓여 주었지만 먹지 않았다. 클라크 대장이 내게 주었던 것과 똑같은 약을 먹였다.

닷새가 지나자, 스캐논은 몸이 좋아져 먹기 시작했다. 들소고기가 넉넉했기에 개가 먹고 싶어하는 만큼 충분히 주었다. 개는 굶주린 사람보다 더 많이 먹었다. 클라크 대장은 내가 스캐논을 살렸다고 했다. 그건 사실이 아니었지만, 그 뒤로 스캐논은 다른 누구보다, 심지어 자기 주인보다도 나를 더 따랐다.

스캐논을 돌보느라 클라크 대장이 말했던 미주리 폭포에 가 보지 못했다. 하지만 폭포 소리는 들을 수 있었고 얼굴까지 날아오는 물보라를 느낄 수 있었다. 어느 날 새벽, 말없이 절벽에 올라 아래를 내려다보았다.

물안개가 강을 덮었고 흐르는 물 소리가 산을 울렸다. 해가 뜨자 반짝이는 물에 눈이 부셨다. 미코에게 보여 주려고 돌아보았지만 아이는 너무 겁을 먹어서 보지 못했다. 야영장으로 돌아오자 샤르보노가 아침 식사를 준비하지 않았다고 막대기로 때렸다.

하지만 나는 물소리와 물안개, 그리고 반짝이던 물을 기억했다. 그 날 밤 그 광경이 꿈에 나타났고, 다음 날에도 그 모습이 떠올랐다.

약한 미루나무로 만든 수레 두 대가 모두 망가져, 새로 만들 때까지 기다려야 했다. 썩은 고기를 먹는 새들이 머리 위를 날았고, 뒤에는 까치들이 재잘대고 있었다. 바람이 강하게 불며 윙윙 소리가 났는데, 마도요가 내는 소리 같았다. 우리 모두 몹시 피곤했다.

19장

슬픔을 간직한 소손 땅

우리는 클라크 대장이 말뚝과 깃발로 표시해 둔 길을 따라 폭포 위로 올라갔다. 여기부터는 카누를 타고 갈 수 있었다. 모두들 육로 운반이 힘들었기에 기뻐하였다.

옷과 식량을 카누에 실었다. 밧줄과 삿대를 꺼내 만년설이 덮인 산을 향해 갔다. 지형이 달라졌다. 우리 뒤에는 평야가 있었다. 반짝이는 큰 바위가 물을 머금은 채 튀어나와 있었고, 머리 위에는 강둑에서 치솟은 검푸른 절벽이 있었다. 하늘은 짙푸르고 저 멀리 있었다.

야영지를 떠난 둘째 날, 클라크 대장이 글을 쓰고 나서 내게 읽어 주었다.

"'7월 15일 오후 6시 5분. 우리가 소손 땅에 들어왔거나 가까이 왔다는 느낌이 든다. 루이스 대장도 지난 몇 주 동안 주변을 보고 동감했다.'"

클라크 대장은 책을 덮었다.

"주변에 익숙한 게 있어?"

"눈 덮인 산뿐이에요. 우리 부족은 이곳 저곳을 돌아다녔지만 항상 눈 덮인 산 근처에 있었어요."

"오늘이 네가 살펴보기에 좋은 날이야. 우리가 무엇을 할지, 어떤 길로 갈지 결정하는 중요한 일이야. 아기를 보살펴 줄 사람을 원하나?"

"아기는 별문제 없어요. 제가 데려갈래요. 우리 둘은 같이 보러 갈 거예요."

그 날은 아무것도 보지 못했다. 하지만 다음 날 저녁 무렵, 깊은 계곡 밖으로 나와 엉덩이까지 차오르는 빠른 물살을 헤치며 카누를 끌고 가자, 소나무 숲에서 희미한 연기가 솟고 있었다.

클라크 대장과 요크와 나는 카누를 따라 물가를 걸었다. 나는 클라크 대장에게 그 연기에 대해 말했다.

"저 불은 오늘 아침에 피운 거예요. 우린 가까이 왔어요. 부족이 아직 거기 있다면, 불은 꺼지지 않을 거예요. 저녁 먹을 시간이라 큰불을 피울 거예요. 그들이 우리를 보고 적이라 생각하고 친구들에게 경고 신호를 보내는 건지도 몰라요."

"그럴지도 모르지."

클라크 대장은 그들이 우리 근처에 있을 거라 확신해서 지나는 길에 작은 장신구들과 옷가지를 남겼다. 나는 땅에 우리가 친구라는 것을 보여 주는 그림을 그렸고, 나무에 풀을 묶어 우리가 가는 방향을 표시했다.

며칠 동안은 무척 험난한 길이었다. 발에 물집이 생기고, 눈앞에 각다귀들이 어지럽게 날아다녔다. 하지만 나는 너무나 흥분되어 이런 것이 보이지 않았다.

드디어 아름다운 땅, 소손 땅에 왔다! 어머니는 돌아가셨고, 많은 친구들도 죽었다. 어쩌면 아버지와 오빠뿐 아니라 모두가 죽었을지도 모르지만, 나는 예전에 함께 행복했던 시절을 떠올렸다.

클라크 대장과 벤 요크와 함께 강가를 걷다가 우리 부족 사람들의 흔적을 발견했다. 남자 가죽신 발자국, 동그랗게 타다 남은 재, 몇 줄기 피어오르는 연기, 누군가 잃어버린 깃대들이 있었다. 내가 너무 빨리 가자, 벤 요크는 죽겠다며 좀 천천히 가자고 애원했다. 나는 워낙 흥분되어 벤 요크에게 관심을 가질 여유가 없었다.

우리는 깊은 계곡으로 들어갔다. 물가를 떠나 나머지 일행과 강으로 이동해야 했다. 거기엔 우리 부족 사람들의 흔적이 없었다.

클라크 대장은 강 양쪽에 치솟은 누런 절벽을 물끄러미 바라보다 하늘 높이 날아가는 매와 독수리를 보았다.

"소손족은 험난한 지역을 선택해 사는구나. 이제까지 본 곳 중에서도 가장 야생적이고 아름다운 곳이야."

"우리가 이 지역을 선택한 게 아니에요. 우린 여러 부족들한테 쫓겨서 여기까지 오게 된 거예요."

"적들이 오히려 좋은 선물을 해 주었군. 정말 놀라운 땅이야."

우리는 높은 절벽을 뒤로하고 강물이 얕아지는 곳으로 들어섰다. 비버들이 만들어 놓은 댐들이 곳곳에 있었다. 강바닥에 깔려 있는 둥글고 푸른 돌 때문에 배를 끄는 사람들이 고생했다. 삿대로 미는 사람들도 삿대가 미끄러지지 않도록 끝에 갈고리를 묶어야 했다. 무거운 카누를 움직이는 것은 힘든 일이었다. 무게를 줄이려고 클라크 대장과 벤 요크와 나는 걸어갔다.

푸른 언덕과 누런 절벽을 돌았다. 갑자기 강이 둘로 나뉘며, 나무가 우거진 섬이 나왔다. 그 섬은 우리 부족이 살던 곳이고, 검은딸기를 따다가 러닝 디어와 함께 붙잡힌 곳이고, 어머니가 돌아가신 곳이다. 나는 아기를 두 팔로 꼭 잡고, 섬 안으로 정신없이 뛰어갔다.

클라크 대장과 루이스 대장은 카누를 타고 강물이 좁게 굽어지는 비버 댐 옆에 있었다. 나는 두 대장에게 이 곳이 내가 미네타리들에게 붙잡혔던 곳이라고 했다.

클라크 대장이 물었다.

"확실해?"

"네."

그 날 밤 두 대장이 나누는 말을 들었다. 루이스 대장이 말했다.

"우리 인디언 소녀는 소손 지역에 왔고 자기가 붙잡힌 곳을 보았는데도, 슬퍼하거나 기뻐하는 어떤 감정도 없어요. 잘먹고 장신구를 옷에 걸치면 어디서든 만족할 것 같아요."

몰랐다. 루이스 대장은 내가 어떤 기분인지 정말 몰랐다.

일주일이 지나 우리는 강물이 굽이쳐 흐르는 언덕배기 주변에 펼쳐진 넓은 초원에 이르렀다. 나는 클라크 대장과 벤 요크와 함께 카누를 타고 있었다. 아기는 무릎 위에 있었다. 아기를 재우다 나도 잠들려고 하는데 어떤 목소리가 들렸다.

그 소리는 사람 목소리가 아니었다. 바람 소리였는지도, 강물 소리였는지도 몰랐다. 아니면 내 조상이 말씀하시는 것인지도 몰랐다. 그게 누구 소리든 나는 두 눈을 크게 떴다.

우리는 짙은 안개 속에서 빠르게 흐르는 강물을 거슬러 오르고 있었다. 하얀 강가에선 사슴들이 풀을 뜯고 있었다. 해가 뜨면서 안개가 걷혔다. 언덕들이 눈 덮인 산머리까지 이어져 있는 넓은 계곡이 보였다.

나는 더 잘 보려고 일어서고 싶었지만 카누가 깊은 곳을 지날 때는 일어서면 안 된다는 것을 잘 알고 있어서 그만두었다. 그 대신 무릎을 꿇었다.

눈부신 햇살을 받으며 강물이 좁아지는 곳을 지났다. 강이 다시 넓어지며 누런 절벽이 다시 앞에 나타났다. 그 절벽은 비버 머리처럼 생겼다. 턱, 코, 모든 것이 비버를 빼닮았다.

내가 손으로 가리키며 말했다.

"저기요. 저기 보세요!"

클라크 대장은 카누에서 내 뒤에 있었다.

"어디?"

"비버헤드요."

"비버헤드? 저게 뭐야?"

"소손 부족이 가까운 곳에 있어요."

"강물이 흐르는 저 쪽?"

"네. 우린 여름에 들소를 잡으러 여기까지 왔어요."

"확실해?"

"네."

비버헤드를 보고 모두 기뻐했다. 삿대를 든 사람이나 밧줄을 든 사람이나 모두 노래를 불렀다. 오드웨이 중사는 바이올린을 켰다. 오랜만에 불러보는 노래였다.

클라크 대장이 말했다.

"천천히 갑시다. 소손족이 저 앞에 있지만 그들은 겁을 먹고 있을 거요. 우리가 친구라는 것을 보여 줘야 해."

클라크 대장은 빨간색, 파란색, 흰색이 있는 깃발 하나를 꺼냈다. 나는 뺨에 색칠을 하고 주홍색 안료로 머리 염색을 하여 평화의 상징을 나타냈다. 심지어 아기 얼굴에도 색칠을 했다.

우리는 소손족이 산꼭대기에서 보내는 횃불 신호와 말을 타고 나무 사이로 움직이는 한 남자를 보았다. 루이스 대장이 조지 드루어와 사냥꾼 세 명을 데리고 소손족을 찾으러 나섰다. 나도 데려가 달라고 부탁을 했다.

"위험해. 그리고 넌 아기를 돌봐야 해."

"루이스 대장님, 저는 전에도 위험한 일을 수없이 겪었어요."

"이번엔 달라. 너무 위험해."

"하지만 대장님이 찾는 사람들은 우리 부족 사람들이에요. 그들은 나를 알아보고 환영할 거예요, 난 그들과 말할 수 있어요."

루이스 대장은 아무 말도 하지 않았다. 그저 나를 성가신 존재로만 여겼다. 그래서 소손족이 어떤 옷을 입는지, 어떤 특징이 있는지 말했다. 몸에 지니고 있던 소손족 장식품 하나를 꺼내 그들에게 보여 주라고 했다. 소손족은 상대가 친구라고 생각되면 상대 어깨에 담요를 걸쳐 준다는 말도 해 주었다. 그리고 소손족은 상대 얼굴에 자기 얼굴을 비비는데, 얼굴이 사슴 기름으로 범벅이 되어 있기 때문에 상대방은 이걸 좋아하지 않는다. 하지만 행복하고 즐거운 표정을 지어야 한다고 말해 주었다.

루이스 대장은 우리를 남겨 두고 강을 올라갔다. 우리는 하루 종일 눈이 빠지도록 기다렸다. 밤에는 돌아올 때 알 수 있도록 큰불을 피웠다. 많은 사람들이 살아 돌아올지 의심했다. 나는 우리 부족 사람들을 만나고, 무사히 돌아올 것이라 확신했다.

이틀 후 아침, 물이 느려지고 얕아졌다. 다른 사람들이 자고 있을 때 담요를 걷어내고 강으로 내려가 미코를 목욕시켰다. 물이 차가워 미코는 얼굴을 찌푸렸지만 내가 울면 안 되는 걸 가르쳤기에 울지 않았다.

미코를 담요에 누이고 ― 요람을 새로 만들 시간이 없었다 ― 가지고 놀도록 매 깃털을 쥐어 주었다. 얼음처럼 차가운 물이라 숨쉬기도 힘들었지만, 빠르게 흐르는 강물 아래 모래를 밟고 목욕을 한 뒤에 머리를 비틀어 물기를 짰다. 옷과 가죽신은 낡았지만 깨끗했다.

해가 산 너머로 솟았다. 소손의 태양이었다. 오래 전에, 미네타리들이 오기 훨씬 오래 전에, 모래밭에서 무릎을 꿇고 수호신께 기도했던 것처럼 우리 부족 사람들 가운데 누가 남아 있든 나를 기쁘게 맞이해 달라고 간절히 기도했다. 그러면 나는 기뻐 날뛸 것이다.

즐거운 상상은 오래가지 않았다. 미코를 안고 강을 나올 때, 샤르보노가 천막 밖으로 나왔다. 나는 아직 불을 피워 놓지 않았다. 샤르보노가 재를 힐끗 보더니 나를 노려봤다.

"불이 없어. 소손 년은 헤엄이나 치고, 머리를 만지고, 장신구나 가꾸고 말이야. 불을 피우지 않았다."

나는 무릎을 꿇고 재를 부채질해서 불씨를 살렸다. 살아난 불에 작은 가지를 올려 불을 키우고 큰 가지를 또 올려놓았다. 샤르보노가 수염을 당기며 내려다보았다. 내가 일어서자 샤르보노가 아기를 빼앗았다. 말 한 마디 없이 손으로 내 얼굴을 세차게 때렸다.

세찬 손질에 나는 쓰러졌다. 불 옆에 쭈그리고 앉아 있었지만 또 맞는 것이 두려워 일어나지 못했다. 샤르보노가 나뭇가지를 꺾어 내 등을 후려쳤다. 또 때리려고 나뭇가지를 들어올렸을 때, 나무 사이에서 큰 소리가 나고 불꽃이 튀며 총알이 머리 바로 위로 날아갔다.

클라크 대장이 한 손에 총을 들고 멀지 않은 곳에 있었다. 다른 손으로는 탄약을 총신에 밀어 넣어 다지고 있었다. 대장은 총을 들어 샤르보노를 겨누며 아무 말도 하지 않았다. 샤르보노는 클라크 대장이 총으로 자기를 겨누고 있는 것을 보지는 못했으나 알고 있었다. 나뭇가지를 불 속에 던지고 쭝얼거리며 강으로 내려갔다.

해가 뜨자 클라크 대장이 사람들을 깨워 출발했다. 빠르게 흐르는 강물이 얼음처럼 차가워, 남자들은 무거운 카누를 끌 때처럼 다리가 너무 아팠다. 비버 댐을 치워야 했다. 푸른 덤불이 강둑에 널려 있었지만 땔감으로 쓸 나무는 얼마 없었다. 먹을 것도 부족하여 보통 때 반만 먹었다. 사람들은 투덜거리기 시작했다.

일주일째 되던 날 좋은 일이 생겼다. 새벽녘에 우리는 나무에 걸려 있는 사슴 가죽 네 장을 보았는데, 그건 루이스 대장이 봐둔 것이었다. 정오에 클라크 대장은 말 탄 사람이 홀로 우리들 앞에 있는 강을 가로질러 달리는 것을 보았다. 그런데 언뜻 지나가 버렸다.

그때는 몰랐으나 그 사람은 소손족이 보낸 염탐꾼이었다. 루이스 대장은 며칠 뒤 우리 부족 사람들을 만났다. 그러나 소손족은 클라크 대장과 부하들이 카누를 타고 강을 거슬러 올라온다는 루이스 대장 말을 믿지 않았다. 염탐꾼을 보내 그 말이 사실인지 확인하려 했던 것이다.

사흘 뒤, 클라크 대장과 샤르보노와 나는 아침 일찍부터 걸어서 출발했다. 미루나무가 우거진 초원에 이르자 말울음 소리, 말발굽 소리, 그리고 소손족이 환영하는 외침이 들렸다.

"아히이, 아히이!"

말을 탄 두 사람이 나무 사이에서 나왔다. 나는 미코를 꼭 잡고 달려가다 그 사람들 앞에서 돌부리에 걸려 비틀거렸다. 손가락을 빨며 '우리는 같은 부족'이라는 신호를 했다. 그들도 손가락을 빨고는 나와 아기를 들어 말에 태웠다.

20장

다시 찾은 고향 마을

나무 사이에서 여자들이 나왔다. 그 중엔 소녀도 있었다. 그 소녀는 많이 변했다. 기억하고 있는 것만큼 날씬하지 않았다. 발을 절며 천천히 다가왔다. 사촌 동생 러닝 디어일까? 가까이 다가와 서로 껴안고서야 비로소 확신했다.

"난 네가 죽은 줄 알았어. 몇 번이고 널 위해 수호신께 기도했어. 그런데 넌 여기 살아 있구나. 우리 부족들하고 함께 말이야. 어떻게 이 먼 길을 왔어? 여기까지 오는데 얼마나 걸렸니? 다치지는 않았어?"

러닝 디어는 아무런 대답을 하지 못했다. 내가 너무 세게 껴안아 거의 숨도 못 쉴 지경이었기 때문이다. 클라크 대장이 와서 내 팔을 잡고서야 러닝 디어를 놓았다.

클라크 대장은 나를 데리고 초원을 지나 나무를 헤치고 강가에 있는 집으로 갔다. 집은 어린 미루나무와 나무껍질을 엇대어 만들었다. 작은 불이 타고 있었지만 집 안은 어두웠다. 물감 냄새, 들소 기름 냄새, 전사들 땀내가 풍겼다. 우리는 친밀감을 보이려고 앉아서 가죽신을 벗었다.

소손족 추장이 집 안 뒤쪽 그늘진 곳에 서 있었다. 추장이 부하에게 말했다.

"불이 약하다, 소나무를 더 넣어 불을 크게 지펴라. 어두운 데서 이야기하고 싶지 않아."

추장 목소리가 집 안을 울렸다. 높고 날카로우면서도 힘찬 소리였다. 오래 전에 들었던 목소리였다. 아버지 목소리가 생각났지만 아니었다.

추장은 눈매가 날카롭고, 키가 크고 늘씬했으며 독수리 깃털로 머리띠를 하고 있었다. 이마에는 빨간 동그라미 안에 노란 점이 찍혀 있었다. 그것은 우정과 평화의 상징이었다. 뺨에는 노란 태양이 그려져 있었다. 그건 새날이 밝아온다는 의미였다. 희미한 불빛에 비친 추장은 아버지처럼 보였다. 아버지일까?

전사가 송진 묻은 솔가지를 불에 올려놓았다. 추장이 그늘에서 밝은 곳으로 걸어나왔다. 밝은 곳에선 키가 더 커 보였다. 아버지보다 훨씬 더 컸다. 목청을 가다듬어 말하려 할 때 입가에 난 상처를 보았다. 그것은 내가 어렸을 때 강에서 함께 놀다 낸 상처였다. 다름 아닌 우리 오빠 카메와이트, '히 후 네버 웍스 (He Who Never Walks, 결코 걷지 않는 사람)'였다.

나는 미코를 안고 있었지만 달려가 오빠를 껴안았다. 샤르보노가 소리쳐서 아기를 샤르보노에게 맡기고 다시 오빠와 포옹했다. 오빠가 소손족 추장이고 남자라는 것을 깨닫지 않았다면 포옹을 또 했을 것이다. 추장과 남자들은 다른 사람들이 볼 때 여자와 포옹하지 않는다. 또 사람이 없을 때도 껴안는 건 드문 일이었다. 눈물이 흐르고 목이 메였다. 눈물은 멈추지 않았다

오빠는 돌아서서 백인들을 보고 환영하는 말을 몇 마디 했다. 오빠는 연둣빛 돌로 된 담배통에 깃털이 달린 긴 담뱃대를 쥐고 있었다. 오빠는 숯불로 불을 붙이고 담뱃대를 해가 있는 동쪽을 가리키고 나서는 신성한 곳들을 가리켰다.

오빠가 담뱃대를 루이스 대장에게 내밀었다. 그런데 루이스 대장이 담뱃대를 잡으려 하자 뒤로 뺐다. 오빠는 이런 의식을 세 차례 했다.

오빠는 담뱃대로 하늘을 가리켰다. 오빠는 담뱃대를 세 번 빨고 세 번 뿜고는 루이스 대장, 클라크 대장, 그리고 다른 백인들에게 내밀었으며, 마침내 자기 부하에게 다시 맡겼다.

루이스 대장이 똑바로 서서 여기 오게 된 이유를 설명했다. 물이 아주 많지만 너무 짜서 마실 수 없는 '바다'라는 곳으로 가려 하는데, 그 먼 곳에 가려면 말이 여러 마리 필요하다는 것을 말했다.

"나도 그 곳을 압니다. 우린 거기서 조개를 주워요."

오빠가 말했다. 그러다 인상을 찌푸렸다.

"지난 봄에 블랙피트가 우리 부족 아홉 명을 죽이고 여자들과 많은 말을 가져갔소. 하지만 아직 말은 많이 남아 있소. 원하는 대로 가져가시오."

나는 더 통역할 필요가 없어 러닝 디어를 만나러 갔다. 밖으로 나오자 누군가가 내 어깨에 손을 얹었다. 돌아보니 '맨 후 스마일(Man Who Smile, 웃는 사람)'이 나를 보며 웃고 있었다. 맨 후 스마일은 어렸을 때 블랙피트가 쏜 화살을 맞아 입이 비틀어져 웃을 때도 항상 입 모양이 비틀어졌다.

"이 여자 아기는 우리 부족의 검은 눈을 닮고, 백인 피부를 닮았군."

맨 후 스마일이 미코에게 부드럽게 말하면서 몸을 기울여 미코 머리를 쓰다듬었다. 이 남자가 웃자 미코도 웃었다.

"이 아이는 정말 예뻐."

맨 후 스마일이 미코 턱 밑을 살짝 꼬집었다. 미코는 까르르하며 발을 굴렀다. 클라크 대장도 미코를 만지고, 다른 백인들도 미코를 어루만졌다. 스캐논도 다가와 혀로 핥았다.

맨 후 스마일이 말했다.

"이 예쁜 공주를 훔쳐가야지."

"예쁜 게 아니라 잘생긴 거예요. 여자가 아니고 남자 아이예요."

"아하, 사내아이라. 그래 얼마나 잘생겼나 보자. 언젠가는 훌륭한 용사가 될 거야."

맨 후 스마일은 미코의 움켜쥔 주먹을 잡았다.

"언젠가는 이 손이 화살을 막아낼 거야. 이 손으로 화살을 날려 들소를 잡고 백곰을 죽일 거야. 꼬마야, 이름이 뭐지?"

미코는 대답하지 않았다. 나도 맨 후 스마일의 얼굴만 보고 대답하지 않았다. 너무 떨렸다.

지난날 ─ 아주 오래 전에, 여기가 아닌 다른 먼 곳에서 ─ 맨 후 스마일은 나이가 나보다 세 배나 많았지만 젊었다. 우리 아버지에게 이야기해 허락을 받았으니, 아내가 둘 있었지만 나와 결혼할 수 있었다. 아버지는 엄숙히 약속하셨다. 달이 열두 번 더 뜨고 지면 결혼식을 올리라고 했다.

맨 후 스마일이 나를 바라보았다. 희끗희끗하고 고슴도치 털로 고리를 만들어 땋은 머리가 한쪽 어깨 위에 걸쳐 있었다. 맨 후 스마일은 자꾸 그 털을 손가락으로 매만졌다. 안절부절못하는 것이었다.

"아이 이름이 뭐지?"

"장 바티스트 샤르보노예요."

"샤르보노는 얼굴에 털이 덥수룩하고 눈은 뒤에 있어서 잘 보이지도 않아. 저 샤르보노가 애 아빠라고?"

여자들이 좀 떨어진 곳에 있었지만 충분히 들을 수 있었다. 그 중에는 맨 후 스마일의 아내처럼 보이는 여자들 셋이 열심히 듣고 있었다.

"너, 사카가와가 엄마가 됐구나."

맨 후 스마일이 계속 웃으며 말했다.

"너는 아기 엄마다. 하지만 우리 부족 법에 따라, 소손의 신성한 법에 따라, 네 아버지께서 하신 엄숙한 약속대로 너는 내 거야. 그리고 이 아기도 내 자식이지. 이게 우리 법이야."

맨 후 스마일의 손가락은 단단했다. 내가 움직이려 하자 미코를 빼앗아 갔다. 그리고 내 손을 잡고 말했다.

"이리 와. 카메와이트 추장께 가자. 가서 얘기해. 추장님은 내 말을 듣고 동의하실 거야."

오빠와 두 대장은 여전히 집 안에서 평화의 담뱃대를 돌리며 이야기하고 있었다. 샤르보노는 그 자리에 없었다. 샤르보노는 맨 후 스마일과 내가 얘기하는 동안 문가에서 기웃거리며 우리가 나누는 소손 말을 이해하려 애썼다. 그러다 미코가 내 팔에서 빼앗기는 것을 보고 달려와 소리질렀다.

"이봐, 인디언. 무슨 짓이야. 애를 어쩌려는 거야?"

맨 후 스마일은 아무 대답 없이 등을 돌리고 집 안으로 걸어갔다. 샤르보노도 따라갔다. 아기 우는 소리가 들렸다. 여자들이 가까이 왔다. 맨 후 스마일의 아내들이 내 소매를 잡고 속삭이며 충고했다.

가장 예쁜 아내가 말했다.

"그는 좋은 남편이 아냐. 너도 싫어할 거야."

다른 아내도 말했다.

"그는 잠을 너무 많이 자. 사냥은 안 하고 잠자지 않을 땐 먹기만 하지."

"너무 많이 먹어."

셋째 아내도 거들었다.

그들은 조금씩 다가와 내 푸른 구슬 허리띠를 만지작거리며 좋다는 말을 했다.

'이걸 좋은 웃옷을 만들 수 있는 영양 가죽과 바꾸자고 할까?'

그 여자들 뒤에서 러닝 디어가 지켜보고 있었다. 러닝 디어는 내가 도움이 필요하면 언제라도 도와줄 준비가 되어 있었다.

나는 집 안으로 달려갔다. 카메와이트 추장이 샤르보노에게 조용히 묻고 있었다.

"사카가와는 이 사람과 결혼하였소. 미네타리 법에 따라 결혼하였소."

카메와이트 추장이 샤르보노를 가리키며 말했다.

"그 전에 오래 전에, 사카가와는 그 여자의 아버지, 우리 아버지 앞에서 맨 후 스마일과 결혼하기로 약속되었소. 엄숙한 약속이오. 난 지금은 돌아가서 안 계신 아버님께서 하시는 약속을 똑똑히 들었소."

아기가 울기 시작하자 맨 후 스마일이 아기를 내게 맡겼다. 나는 미코를 똑바로 눕히고 젖을 물렸다. 두 남자와 오빠에게, 그리고 문 앞에 있는 모든 여자들에게 미코는 내 아이라고 말하려 했다. 누가 뭐래도, 무슨 일이 있어도 미코를 포기하지 않겠다고 말하려 했다.

맨 후 스마일은 여우 꼬리를 묶은 창을 들고 서 있었다. 샤르보노는 날이 긴 칼자루를 쥐고 있었다. 그들은 상대가 없는 것처럼 서로 보지도 않다가 갑자기 성난 적이 되었다. 누군가가 클라크 대장에게 위급함을 알렸다. 클라크 대장이 끼어들어 두 사람을 보고 날카롭게 말했다.

"선택은 네가 해라, 제니. 어느 남자를 선택할 것이냐?"

심장 소리가 목구멍까지 올라왔다. 그러다 그 소리가 전혀 들리지 않았다.

"골라. 우린 시간이 없어."

'내가 선택할 사람은 당신입니다. 내가 사랑하는 사람은 당신입니다.'라는 말을 간절히 하고 싶었다. 그러나 잠시 후 천천히 작은 목소리로 말했다.

"투생 샤르보노."

그 말이 돌처럼 느껴졌다. 클라크 대장도 그렇게 느꼈을 것이다. 그이를 향한 내 마음을 그이도 알고 있었다.

러닝 디어가 집 밖에서 기다리고 있었다. 러닝 디어는 내가 클라크 대장에게 한 말을 듣지 못했지만, 내가 무슨 말을 하고 싶어하는지 알고 있었다. 러닝 디어는 그 날 아침에 내가 클라크 대장 옆에 서서 마을로 걸어 들어오는 것을 보았다. 우리가 함께 집으로 들어가는 것도 보았다. 내가 두 남자 사이에서 선택을 해야 하는 것을 지켜보았다.

러닝 디어는 이 모든 것을 알았지만 단지 이런 말만 했다.

"'거대한 호수'로 가면 언니도 아기도 죽을 거야. 그 곳은 정말 여러 밤을 자야 갈 수 있는 곳이야. 우리 부족 사람들 중 아무도 가 보지 못했지만, 이야기는 들었어. 사람들이 그러는데 산들이 워낙 높고, 계곡은 깊고, 강물은 너무 빨라서 물고기들도 헤엄치기 힘든 곳이래."

미코가 옹알거리기 시작했다. 러닝 디어가 내가 안고 있던 미코를 안았다.

"요람은 어쨌어?"

"폭풍에 잃어버렸어."

"내 아기는 겨울 막바지에 죽었어. 혹독한 겨울이었지. 우리는 모두 산을 내려가 폭포 근처까지 갔는데, 먹을 것이 거의 없었어. 그때 우리 아기를 잃은 거야. 내 아기 요람이 아직 남아 있어. 언니가 쓰고 싶으면 써."

러닝 디어는 남편과 다른 아내 둘과 함께 사는, 버드나무 껍질과 덤불로 만든 작은 집으로 나를 데려갔다. 남편이 자고 있어서, 소리 나지 않게 살짝 요람을 들고 나와 내게 주었다. 그건 새 것이었고 자작나무로 만들었다. 미코는 그 끝에 매달려 있는 새 깃털을 좋아했다.

햇볕이 뜨거웠다. 우리는 나무 아래로 가서 앉아 잠시 이야기를 나누었다.

"언니는 클라크 대장을 사랑하기 때문에 '거대한 호수'에 가려는 거지. 언니는 붉은 머리, 푸른 눈, 그리고 그가 언니를 대하는 방법을 좋아하지. 또 그가 백인이라 좋은 거야."

잠이 깬 러닝 디어의 남편이 문 앞에서 배를 쓰다듬다가 소리를 질렀다.

"난 아내가 셋이나 있는데 다들 어디 갔지? 음식이 어디 있어? 마누라들을 찾아봐야지."

러닝 디어는 움직이지도 대답하지도 않았다.

"이것 때문에 난 매를 맞을 거야. 언니 남편도 때려?"

"가끔."

"많이 때려, 쪼끔 때려?"

"둘 다."

"뭐로 때려?"

"보통은 주먹으로, 가끔은 막대기로."

"맞는 게 익숙해?"

"전혀 아냐."

"나는 좀 익숙해. 언니가 클라크 대장과 결혼하면, 그 사람도 때릴까?"

"아니."

"왜 안 때려?"

"그는 결코 나를 때리지 않을 거야."

"슈슈."

그 말은 '좋아.' 라는 말이다. 하지만 러닝 디어는 내 말을 믿지 못하는 것 같았다.

샤르보노가 우리들 앞에 다가와 서더니 해를 힐끗 보고는 말했다.

"밥 먹을 시간이야. 여긴 어디에도 먹을 게 없어. 소손족들은 잘 먹지 않나 보지?"

"가끔 먹어요."

내가 대답하자 러닝 디어도 말했다.

"아마 내일 먹을 거예요."

21장

동굴에서 드린 기도

밤이 되자 구름이 하늘을 덮었다. 다음 날 아침엔 땅에 두꺼운 얼음이 얼었고 강한 바람이 불었다. 긴 여행을 출발할 시간이 되었다.

나의 오빠, 히 후 네버 웍스는 우리를 위하여 말을 모아 주었다. 블랙피트가 많이 훔쳐 갔지만 아직도 말 700여 마리와 노새가 조금 남아 있다고 했다. 오빠는 만년설 덮인 산을 지나는 가장 좋은 길을 알려 주려고, 모래를 쌓아 작은 언덕을 만들면서 땅에 지도를 그렸다.

오빠는 우리가 가야 할 큰 강을 그렸다. 네 페르세족한테서 들은 이야기도 했다. 그 강은 해가 지는 쪽으로 흐르다가 물맛도 없고 악취 나는 큰 호수로 흘러간다고 했다.

카누는 아무도 발견하지 못하게 밤에 숲 속 깊숙이 묻었다. 카누 노 끝을 잘라 짐 싣는 말안장을 만들었다. 가죽으로 주머니를 만들어 말린 음식, 총알, 약, 그 밖에 루이스 대장이 모아둔 것을 넣었다.

카메와이트 추장은 내가 가는 것을 원하지 않았다.

"네가 가려는 강을 나도 가 본 적이 없어. 소손족 누구도 그 강을 못 보았어. 하지만 위험하다는 말을 들었어. 거친 강이야. 악령이 지배하는 무서운 곳이래. 가지 말고 우리와 함께 있자. 네 아기를 생각해."

"가기로 약속을 했어요."

"위대한 신령님께 약속했니?"

"아니요."

"그럼 누구한테?"

"약속했어요."

나는 질문을 살짝 피하려 했다.

"클라크 대장?"

나는 가만히 있었다.

"넌 나쁜 길로 가는 거야. 사카가와, 그러면 넌 불행해져."

오빠의 경고 소리가 귓가에 맴도는 가운데 러닝 디어에게 갔

.

다. 러닝 디어는 벤 요크에게 줄 가죽신을 만들고 있었다. 나는 오빠의 경고를 러닝 디어에게 말했다.

"어떻게 할 거야?"

"갈 거야. 그런데 지금은 동굴로 갈 거야. 예전에 우리가 함께 가서 위대한 신령님께 기도했던 거 생각나?"

"기억해. 여름에도 또 다른 때도 갔지. 그리고 미네타리 마을을 탈출하여 집으로 돌아와 굶주려 죽을 뻔했을 때도 위대한 신령님께 가서 기도했어."

"지금 가려는데 미코를 좀 봐 줄래?"

"그래. 미코에겐 위험할 거야. 길을 잃곤 했던 것 생각나? 한 번은 길을 잃어 사흘 밤을 지샌 적도 있어."

"가끔 그때 꿈을 꾸기도 해."

나는 아기에게 젖을 먹이고 러닝 디어에게 맡겼다. 샤르보노에게 말하면 비웃고 가지 못하게 할 것 같아 말하지 않았다. 가면 돌아와서 맞을 테지만 그것이 문제가 되지는 않았다.

우뚝 솟은 절벽 사이로 강물이 빠르게 흐르는 마을 뒤에는 위로 올라가는 좁은 길이 있었다. 그 길은 진짜 길이 아니라 그저 바위틈에 손으로 붙잡을 만한 곳이 있을 뿐이다. 그 좁은 길이 시작되는 곳으로 가면서 자갈을 주웠다. 자갈이 없으면 동굴 안에서 길을 잃기 쉽다. 예전에 러닝 디어와 길을 잃었던 것처럼 말이다.

해가 떠 있었지만 찬바람이 강하게 불었다. 손으로 바위를 잡아가며 올라갔다. 붙잡는 곳마다 얼음이 덮여 있었다. 등에 자갈자루를 메고 천천히 올라갔다. 반쯤 올라가니 넓게 튀어나온 곳에 소나무들이 자라고 있었다. 거기서 멈춰 불을 피우고 솔가지로 횃불을 만들었다.

동굴 안에는 온갖 뱀들이 다 있었는데 특히 방울뱀이 많았다. 뱀들은 늦은 봄에 나와 양지바른 곳에 살다가 위로 기어올라 산꼭대기까지 갔다. 그리고 겨울이 다가올 조짐이 보이면 내려와 며칠 동안 바위틈에 있었다.

바위틈에 수없이 많은 뱀이 있었다. 뱀들은 햇빛을 떠나 동굴에 들어가서 다시 봄이 올 때까지 어두운 세상에서 살아야 하는 것이 슬픈 듯 바위틈에 머무르고 있었다. 내가 뱀들에게 귀찮게 굴지 않았기에 뱀들도 나를 괴롭히지 않았다.

아침 해가 떴을 땐 햇빛이 동굴 깊숙이 비추었다. 그런데 해가 올라가 버려 이제는 횃불을 사용해야 했다. 검은 벽은 위에서 떨어지는 물방울로 매끈매끈했다. 반짝이는 천장이 너무 낮아 몸을 숙여야 했다.

첫 갈림길에서 길이 세 방향으로 갈라져, 오른쪽으로 난 가장 먼 길로 갔다. 앞으로도 여러 갈림길이 나올 것이기에 다음 갈림

길에서는 길 표시로 자갈 하나를 떨어뜨렸다. 자갈을 아홉 개 떨어뜨리고 나서야 삼면이 벽인 작은 공간으로 들어왔다. 천장에 매달린 돌고드름은 창처럼 보였고, 바닥에 솟은 돌은 독버섯처럼 보였다.

길은 계속 이어졌지만 위대한 신령님이 계시는 곳은 바로 여기이다. 여기에서 오래 전 소손족이 처음 정착할 때부터 모든 소손 사람들이 기도했다.

벽에는 들소 가죽, 곰 가죽과 사슴 뿔, 영양 뿔 들이 걸려 있었다. 그 사이에는 해와 달과 별, 그리고 사방에서 부는 바람을 그린 그림들이 있었다. 모두 작은 돌비늘 조각으로 만들었다.

횃불로 벽을 비추었다. 얼마나 아름다운 광경인가! 숨이 멈출 것 같았다.

천장에서 물방울이 떨어져 맑은 작은 웅덩이를 만들어 놓았다. 횃불을 내려놓고 눈, 코, 입, 그리고 귀를 씻었다. 그리고는 돌 위에 엎드려 북쪽을 바라보며 팔을 쭉 뻗었다. 오랫동안 아무런 생각도 하지 않았다. 어떤 생각이 떠오르면 눈을 감고 그 생각을 떨쳐 버렸다.

동굴 안은 고요했다. 들리는 것은 횃불이 타는 희미한 소리와 한 방울 한 방울 떨어지는 물소리뿐이었다.

마음이 차분히 가라앉자 기도했다.

"위대하신 조물주여, 저는 사카가와입니다. 저는 미네타리에게 잡혀가 노예가 되었습니다. 당신께서는 제 기도를 들어 주시어 위험에 빠진 저를 여러 번 구해 주셨습니다. 아마, 당신은 블랙 모카신 추장의 아들 레드 호크에 대한 제 기도를 잊으셨을 겁니다. 그땐 응답하지 않으셨죠. 저도 잊었습니다. 그리고 어쩌면 핸드 게임에서 투생 샤르보노가 이겨 저를 차지하고 결혼할 수밖에 없을 때도 잊으셨죠. 사랑하지 않는 사람과 결혼하는 것은 좋은 결혼이 아니라는 것을 아셔야 합니다. 저는 그때도 지금도 그를 사랑하지 않습니다."

전에 여기 와서 위대한 신령님께 기도했을 땐 항상 신령님께서는 내가 여기에 왜 왔는지 말하지 않아도 듣고 계실 거라고 확신했다. 지금도 듣고 계실 거라고 확신한 나는 몸을 옆으로 돌려 귀를 바위에 바짝 대고 숨을 죽였다.

바위 밑 먼 곳에서, 동굴과 산 밑보다 훨씬 먼 곳에서 땅의 심장이 고동치는 소리가 들렸다. 초원을 부드럽게 흐르는 시냇물 소리와 아이들이 즐거워하는 웃음소리가 들렸다. 그러다 그 소리가 바뀌었다. 이제는 빠른 강물이 우뚝 솟은 검은 절벽 사이를 흐르고, 통나무와 댐과 큰 자갈 위를 지나며 천둥처럼 격렬한 소리를 냈다. 아래에서 들려오는 위대한 신령님의 소리는 여러 가지 목소리였다.

소리가 멈추었다. 아니 그런 것 같았다. 고요했다. 위대한 신령님께서 듣고 있었다. 무릎을 꿇고 조용히 말했다.

"해, 달, 별, 바람을 지배하시는 신령님, 제발 제 소원을 들어주세요. 원하는 것은 많지만 진심으로 제가 바라는 것은 단 한 가지입니다. 저에 대한 그분 생각을 돌려 주십시오, 그분 웃음과 사랑도. 그리고 우리 앞에 놓인 긴 여행 동안, 그분을 안전하게 지켜 주세요. 부디 미코도 생각해 주세요."

세차게 굽이치는 강과 초원을 흐르는 잔잔한 시내, 위대한 신령님의 목소리를 들으려고 다시 귀를 기울였다. 아무 소리도 들리지 않았다. 횃불이 꺼졌으나 다시 불을 피울 길이 없었다. 갑자기 어두워졌다. 들리는 것은 방울방울 떨어지는 물소리뿐이었다.

얼른 일어나 축축한 벽을 따라 손으로 더듬으며 밖으로 나왔다. 갈림길에 이르러 들어올 때 떨어뜨려 놓은 자갈을 찾았다. 오랫동안 찾아 헤맨 끝에 자갈을 발견했다. 두 번째 자갈은 훨씬 빨리 찾았다. 세 번째 자갈을 찾을 땐 어려움이 있었다.

동굴 어귀에 가까이 왔다. 바람 부는 소리가 들렸다. 하지만 세 갈림길 중 한 곳만이 나갈 수 있는 길이었다. 다른 두 길은 깊은 산 속으로 가는 길이었다.

나는 한 번 더 무릎을 꿇었다. 자갈은 내가 놓아둔 곳에 없었다. 무엇인가가 나타나 그것을 치워 버린 것이 아니면 내가 길을 잘못 들어선 것이었다. 나는 기어 들어가 다시 시작했다. 여러 갈래 길을 찾아보았으나 허사였다.

오른쪽으로 몸을 돌려 계속 기어가다 보니 바람 소리마저 들리지 않았다. 기어 돌아와 왼쪽으로 갔다. 이것도 잘못된 방향이었다. 그러다가 나머지 자갈들을 찾았다. 일어서서 양손에 자갈을 쥐고 빛이 나는 쪽으로 빠르게 걸어나왔다.

해는 하늘 한가운데에 떠서 사시나무 사이로 햇살을 비추고 있었다. 뱀들은 여전히 동굴 어귀에 모여 있었다. 어떤 놈들은 밑에서 위로 기어오르고, 어떤 놈들은 햇볕을 쬐고 있었다. 또 다른 뱀들은 동굴 속으로 기어 들어가고 있었다.

나는 노래를 부르며 마을로 내려갔다. 위대하신 신령님께서 분명 기도를 들어주셨고, 그것이 이루어질 것이라는 희망이 생겼다. 미코는 내가 안아 주자 꼴꼴 목을 울렸다. 이렇게 오래 떨어져 지낸 적이 없었다.

러닝 디어가 말했다.

"언니는 동굴을 찾았구나. 그리고 얼굴을 보니 위대한 신령님께 이야기했고 그분이 들어 주셨구나."

"그래."

"무엇을 기도했어?"

언제나 러닝 디어에게 기도한 것을 말해 주었지만 이번에는 조심스러웠다.

"여러 가지 기도했어."

"마실 수 없는 큰 물로 가는 안전한 여행?"

"응. 그 큰 호수."

"신령님께서 어떻게 결정하셨든지 간에 언니와 아기는 나와 함께 있어야 해. 우리와 그 큰 호수 사이에 나쁜 곳이 있다는 말을 들었어. 아기에게도 좋지 않아."

샤르보노는 러닝 디어를 도와 미코를 보살펴 주고 있었다. 샤르보노는 조금 떨어진 곳에 서 있으면서도 우리 얘기를 듣지 않았다. 그러나 자기 아들 얘기에 대한 이 마지막 말을 듣고는 우리들 앞으로 와서 섰다.

"장 바티스트 샤르보노는 여기 있는다. 나도 여기 있는다. 사카가와도 여기 있는다. 모두 여기 있는다."

"옳은 말씀입니다."

러닝 디어가 말하자, 샤르보노는 고개를 끄덕였다.

다투어 봐야 소용없다는 것을 알기에 아무 말도 하지 않았다. 그리고 클라크 대장을 사랑하며 그이가 가는 곳이라면 어디라도 따라가겠다는 말을 차마 할 수 없었다.

클라크 대장만이 샤르보노 마음을 바꿀 수 있었다. 대장을 찾아갔다. 대장은 오빠와 어렵게 얘기하고 있었다. 오빠는 나를 보자 자기가 클라크 대장에게 하고 싶은 말을 옮기라고 했다. 나는 손짓을 써 가며 오빠 말을 전했다.

"카메와이트 추장은 당신이 좋은 사람이라 생각합니다. 그래서 당신께 '레드 헤어(Red Hair, 붉은 머리)' 추장이라는 이름을 지어 주고 싶어합니다. 또한 자기 이름도 당신께 드리고 싶어합니다. 하지만 전쟁 이름 '블랙 건(Black Gun, 검은 총)'은 간직하겠답니다. 이제 레드 헤어 추장과 카메와이트 추장은 당신 이름입니다. 우리 부족 사람들은 당신을 영원히 존경할 겁니다."

오빠는 클라크 대장 어깨에 족제비 털로 만든 어깨걸이를 걸어 주었다. 대장은 감사 표시를 했다. 의식이 끝나자 나는 클라크 대장에게 샤르보노의 얘기를 말했다.

"가고 싶어?"

클라크 대장 물음에 나는 고개를 끄덕였다.

"전에도 두 번이나 물어봤어. 지금도 늦지 않았어. 넌 이제 집에 왔고 네 부족 사람들도 있어. 대답하기 전에 다시 생각해 봐."

"생각했어요."

"갈래?"

"네."

모든 일이 잘되어 클라크 대장은 우리 마을을 '행운의 야영장'이라 부르고 자신의 일지에 기록하였다.

22장

가슴속에 박힌 말

샤르보노는 클라크 대장과 이야기를 나눈 뒤 마음을 바꿨다. 따라오지 않으면 돈을 받을 수 없다는 말에 여행을 끝까지 하기로 했다. 그리고 클라크 대장이 내게 좋은 말을 사 주어 걸어갈 필요가 없을 거라는 말도 해 주었다. 샤르보노도 좋은 말을 받았다. 하지만 샤르보노는 다른 남자들처럼 여자와 아이들은 걸어야 한다는 생각을 하고 있었다.

카누를 묻고 식량을 안장에 싣고, 우리는 나의 오빠, 블랙 건 추장과 헤어졌다. 오빠는 아는 것이 별로 없어서, 산 너머 지역이나 큰 강, 호수에 대한 이야기를 많이 해 주지 못했다. 그리고 땅에 자갈을 쌓아 올리고 그림을 그렸지만 두 대장에게 큰 도움이 되지는 않았다.

여행을 시작한 지 이틀째 되던 날, 클라크 대장은 소손족 노인 한 명을 만났다. 이름은 페타라소루가라햇, 즉 '스파티드 호스(Spotted Horse, 점박이 말)'였다. 나는 스파티드 호스가 말하는 서쪽으로 가는 길 안내를 통역하였다.

그 날 밤 클라크 대장은 오랫동안 일지를 썼다. 그리고는 자기가 쓴 것의 일부를 내게 읽어 주었다. 앞으로 무슨 일이 닥칠지 짐작하고 있었는데 그 짐작이 맞았다.

"그 노인이 그러는데, 처음 일주일 동안은 가파른 바위산을 올라가야 한다더군. 그 곳엔 사냥감도 없고 먹을 뿌리도 없대. 그 곳 인디언들은 '브로큰 모카신'인데 바위굴에서 곰처럼 살며, 지나가는 사람들한테서 훔친 뿌리와 과일, 말고기를 먹고 산다더군."

클라크 대장이 일지를 읽어 주며 나를 바라보았다. 나는 불가에 앉아 있었기에 얼굴빛이 바뀌지 않도록 조심하였다.

"다음 여행은 모래 사막을 지나는데, 거기서 말들은 다리 힘이 다 빠져 버린다고 하더군. 봄에는 물웅덩이가 있지만, 지금은 완전히 말라 우린 갈증으로 죽게 될 거래."

클라크 대장은 잠시 멈추고 내 말을 기다렸다. 나는 아무 말도 하지 않았다. 내 얼굴색은 변하지 않았다.

"노인 말로는, 우리가 살아남는다 해도, 네가 호수라고 부르는 바다는 여전히 멀대. 그 곳엔 물이 많지만 마실 수는 없어. 그는 우리에게 더 가지 말라고 충고했어. 봄까지 기다리면 자기가 기꺼이 큰 바다까지 안내해 주겠대."

클라크 대장은 일지를 덮었다. 그리고 불에 나무를 올려놓고 나를 내려다보았다. 내가 읽어 준 것을 듣고 겁먹었는지 보려 했다.

"지금까지 지내온 것보다 더 나쁘지는 않아 보이는군요. 다른 지역이지만, 우리에겐 곰, 뱀, 가시덤불, 홍수, 폭풍, 굶주림, 성난 비버, 미친 들소, 그것 말고 여러 가지가 있었어요."

내 목소리에 잠자고 있던 샤르보노가 몸을 뒤척였다.

클라크 대장은 내 말을 기다리며 내려다보고 있었다. 내가 어떻게 느끼는지 확신이 서지 않는 것 같았다. 나는 그이를 도와 소손 마을에 갔고, 오빠와 친구가 되게 해 주었고, 그이에게 절실히 필요했던 말을 살 수 있게 해 주었다.

이 모든 것이 끝나니까 이제 내가 필요 없다는 말인가? 이제 와서 나와 미코가 짐이 된다는 말인가? 먹을 입만 늘었다는 것일까? 걱정이나 끼치는 아기가 있다는 말인가? 우리가 부담스러운 것일까?

나는 목청을 높였다.

"당신은 저를 겁주려고 그런 말을 하는 거죠. 그 늙은이가 꾸며 낸 말이에요. 그 사람이 당신에게 거짓말을 했어요."

클라크 대장은 마치 반항하는 아이를 타이르듯이 고개를 저었다.

"노인이 한 말의 반도 안 했어, 너도 잘 알잖아. 다시 듣고 싶어?"

나는 대답하지 않았다. 벌떡 일어나 천막으로 달려갔다. 담요와 모든 내 물건을 챙겼다. 소손 마을로, 오빠와 러닝 디어가 있는 곳으로 돌아가는 길은 멀지 않았다.

클라크 대장이 천막 앞에서 길을 막고 서 있었다. 나는 대장을 밀치며 지나갔다. 그때 요람이 가슴을 쳐서 대장은 크게 신음소리를 냈다. 갑자기 클라크 대장이 나를 껴안고 입을 맞췄다. 나는 숨을 쉴 수가 없었다.

클라크 대장이 내가 싼 담요와 짐을 들고 천막 안으로 들어가더니 고개를 돌리지도 않고 말했다.

"우리 함께 가는 거야. 제니, 우리 셋이서."

스파티드 호스라는 노인이 했던 말은 사실이 아니었다. 산 너머 땅은 노인 말과 비슷하지도 않았다. 봄에만 있다던 물웅덩이 이야기도 거짓이었다. 사방에 물이 있었다. 샘물은 실개울로 흐르고, 실개울은 개울로, 개울은 시내로, 시내는 강으로, 그리고

이 모든 물이 모여 산 아래 어마어마한 물, 클라크 대장은 '바다'라 부르고, 소손족은 '악취 나는 큰 호수'라 부르는 곳으로 흘러갔다.

어느 날 우리는 플랫헤드 마을에 들어섰다. 우리는 사슴고기를 받았다. 샤르보노는 추장 딸에게 청혼하였다. 추장 딸은 나이가 나와 비슷했고, '어론 인 더 클라우즈(Alone in the Clouds, 구름 속에서 외로이)'라는 예쁜 이름을 가졌다. 샤르보노는 결혼 선물로 추장에게 말을 주었다. 다행히 그 여자는 바다에 따라가지 않겠다며, 샤르보노가 돌아올 때까지 기다리겠다고 했다.

플랫헤드 마을을 나와 간 곳은 이제까지 겪었던 지역 중에서 최악이었다. 워낙 험한 곳이어서 지나는데도 열흘 밤낮이 걸렸다.

산골짜기는 좁아졌고, 쓰러진 나무들과 날카로운 돌 부스러기들이 흩어져 있어 말발굽을 찔렀다. 말 한 마리가 굴러 루이스 대장이 쓰던 작은 책상을 뭉개 버렸다.

날씨가 나빴다. 매일 눈이나 비가 내려 옷이 마를 틈이 없었다. 불을 피웠지만 얼어 버릴 것 같았다. 더 나쁜 건 사냥감이 없었다. 영양도 사슴도 없었다. 들소 떼는 우리들 뒤 멀리 있었다. 사람도 말도 굶주렸다. 우리는 루이스 대장이 저장해 둔 양초 기름을 먹어야 했다.

산을 지나기 전에 루이스 대장은 책상을 붙였다. 루이스 대장은 우리가 지나온 길에 있던 여덟 종류의 소나무를 세었다. 무릎 위에 책상을 올려놓고 나무 이름을 적었다.

탁 트인 대지로 들어섰다. 산악 지역에서 흘렀던 강과 똑같이 하얀 물거품을 일으키는 강이 굽이쳐 흘렀다. 이 강 이름은 '거친 강물'을 의미하는 '로차'였다.

클라크 대장과 사냥꾼 여섯이 앞장서 갔다. 그들은 길 잃은 말을 잡아 고기의 절반을 우리에게 가져왔다. 웬만해선 말고기를 먹지 않지만 그땐 아기를 위해서라도 먹어야 했다.

하루를 더 가 네 페르세족의 큰 마을에 도착하였다. 그들은 코를 조개로 뚫었다. 어렸을 때 그들이 좋은 사람들이라 들었다. 와 보니 정말 그랬다. 그들은 우리에게 말린 연어를 주었고, '트위스티드 헤어(Twisted Hair, 꼬인 머리)' 추장은 루이스 대장과 클라크 대장과 평화의 파이프 담배를 피웠다.

그들이 대화를 나누는데, 네 페르세 말을 들어본 적이 없는 나는 별 도움이 되지 못했다. 드루어가 몸짓으로 표현했다. 말이 직접 통하지 않아도 친구가 되었다. 샤르보노도 친절히 굴었다. 트위스티드 헤어 추장이 아니라 여자들에게 친절히 굴었다. 여자들은 난생처음 보는 미인들이었는데, 검은 머리털에 윤기가 흐르고 눈이 컸다.

거의 모든 사람들이 추위와 피로 때문에 경련이 일어났지만, 루이스 대장은 계속 일을 시켰다.

네 페르세족이 카누를 타고 강을 오르내렸기 때문에, 루이스 대장은 우리도 이제부터 그렇게 가야 한다고 결정했다. 루이스 대장은 사람들을 숲으로 보냈다. 줄기가 쭉쭉 뻗은 아름드리 소나무를 다섯 그루 가져왔다. 이것을 도끼로 쪼개고 불로 속을 비워 카누를 만들었다.

카누가 완성되자 루이스 대장은 네 페르세족에게 우리가 돌아올 때까지 말을 돌보아 달라고 했다. 말안장과 총알은 밤에 몰래 깊은 구덩이를 파 묻었다. 트위스티드 헤어 추장이 카마시아 뿌리 가루와 말린 연어를 주었다.

우리는 안개 낀 새벽에 트위스티드 헤어 추장의 길 안내를 받으며 '카누 야영장'을 출발했다.

많은 사람들이 강둑에 모여 우리가 카누를 타고 가는 것을 보고 있었다. 멋지게 차려 입은 여자들이 ― 작은 놋쇠로 여러 가지 모양을 만들어 영양 가죽 옷에 매달고, 코에는 손가락만 한 조개를 걸고 있었다. ― 벤 요크에게 계속 손을 흔들었다. 벤 요크는 너무 많은 여자들이 관심을 보여 피곤했다.

내가 벤 요크에게 말했다.

"여자들이 너무 했어요. 손이 엉망이 됐어요, 벤 요크."

벤 요크의 손등은 소손 여자들과 네 페르세 여자들이 검은색을 지우겠다고 난리를 피워서 살갗이 벗겨졌다.

"세인트루이스로 돌아가면, 내가 검은 칠을 한 백인인지 보려고 문질러 대지 않아. 나는 한밤중 까마귀처럼 검어."

비가 주룩주룩 내렸다. 요크가 머리에 뒤집어썼던 사슴 가죽을 젖히고 나를 보았다.

"넌 나처럼 검지 않아. 백인도 아니고, 중간색 정도야. 세인트루이스에 가면 검은색이 벗겨진 건지 보려고 문질러 보지는 않겠지만, 호기심을 가질 거야. 그들은 인디언 남자들만 몇 명 봤을 뿐이지 인디언 여자들은 보지 못했어. 특히 너처럼 예쁜 여자는 보질 못했어. 그들이 너를 보면 감탄할 거야. 그래도 착각하지 마. 넌 인디언이고 난 흑인이야. 어쨌든 나도 노예고 너도 노예야. 만일 백인이 너와 결혼하면, 그는 인디언 여자와 결혼한 놈이라고 사람들이 멸시해. 나와 결혼하는 백인 여자도 같은 취급을 받지."

요크는 사슴 가죽 망토 아래에서 나를 보고 있었다. 이제 모두가 알고 있겠지만, 요크도 내가 클라크 대장을 사랑한다는 것을 알고 있었다. 요크는 내게 경고하고 있었다. 웃으며 말했지만 그건 분명한 경고였다. 그 말은 돌화살처럼 내 가슴에 박혔다.

23장

저 너머 바다로

네 퍼르세 남자들이 급류까지 스네이크 강을 타고 내려가는 우리들을 따라왔다. 그들은 우리에게 요리할 때 쓸 장작과 먹을 거리로 개를 40여 마리나 주어 큰 도움이 되었다.

강에는 물고기가 워낙 많아 물 반 고기 반이었다. 하지만 죽어 가고 있어 먹을 수가 없었다. 트위스티드 헤어 추장 말로는 그 물고기는 연어인데, 연어는 바다에서 강으로 올라와 알을 낳고 죽는다는 것이다.

네 퍼르세족 사람들은 우리가 급류에 이르자 길 안내를 하지 않았다. 그들은 우리와 함께 겨울을 났으면 했다.

클라크 대장은 물살이 빠르니 육로로 이동하자고 했다. 그러나 루이스 대장은 겨울이 오기 전에 큰 호수에 도착하려면 시간이 없다며 반대했다. 인디언들도 급류를 탔으니 우리도 할 수 있다는 것이었다.

루이스 대장이 옳았다. 통나무배 네 척이 통과했다. 다섯 번째 배가 바위에 걸렸지만 어부들 도움으로 간신히 빠져나왔다.

더 멀리 가자 물살이 몹시 거칠어졌다. 카누에서 내려 사시나무가 무성한 강둑을 따라 들고 갔다. 바람이 불면 나뭇잎들이 뒤집어지며 춤을 추는 듯했다. 나는 미코에게 나뭇잎이 팔락이는 것을 보여 주었지만 미코는 너무 어려서 얼마나 아름다운 풍경인지 몰랐다.

우리는 어장이 형성된 섬에 왔다. 배를 가른 수천 마리 연어를 선반 위에다 말리고 있었다.

섬에는 길이가 서른 걸음쯤 되는 커다란 납골묘가 있었는데, 천막 기둥에 통나무 카누를 기대어 세웠다. 한복판에는 사람 뼈가 쌓여 있었고 한쪽 구석에는 이를 드러낸 해골들이 매달려 있었다. 주변에는 죽은 사람의 물건이 천장에 주렁주렁 매달려 있었다. 바구니, 그물, 사슴 가죽, 그리고 여러 가지 장신구들이 있었다. 주인이 죽으면 함께 묻는 말의 뼈도 있었다.

곧바로 우리는 큼직큼직한 검은 바위가 여기저기 널려 있는 급류를 지나갔다.

한 마을에 도착했다. 코를 뚫은 이 곳 남자들은 작살로 고기를 잡고, 여자들은 바위 사이에서 말린 연어를 빻고 있었다. 그들은 큰 강 어귀에서 백인들에게 팔려고 비늘 가루를 주머니에 넣고 있다고 말했다.

이 사람들은 우리를 따뜻하게 맞아주지 않았다. 나는 감기에 걸려 카누에 누워 있었다. 클라크 대장이 나를 불러 일어서자 비로소 그들은 여자가 있다는 것을 알고, 자기들이 만든 비늘 가루를 대장에게 주었다. 클라크 대장은 살찐 식용 개 일곱 마리와 구하기 힘든 장작을 샀다. 추장이 우리에게 말고기를 잔뜩 주었는데 너무 늙어 먹을 수가 없었다.

얼마 뒤 어느 추운 아침에, 우리는 탁 트인 넓고 푸른 강에 도착했다. 클라크 대장은 '컬럼비아 강'이라 하며 몹시 흥분했다.

그 날 밤 추장은 북을 두드리는 이백여 명의 부하를 데려왔다. 그들은 우리 주위에 원을 그리며 노래를 불렀다. 크루자는 바이올린을 켜고, 조지 드루어는 우리가 친구로서 왔다는 신호를 했다. 루이스 대장은 한쪽 면에 제퍼슨 대통령이 그려진 메달을 추장에게 주었다. 메달 다른 쪽엔 국기와 독수리가 있었다.

저 멀리 하늘을 찌를 듯한 눈 덮인 산이 보였다. 클라크 대장은 그 산이 바다에서 가깝다는 말을 들은 적이 있었다. 전에는 보지 못한 '가마우지'라는 검은 새와 '펠리컨'이라는 부리가 큰 새 들이 주변을 날아다녔다.

다음 날 우리는 우리 것보다 세 배나 큰 카누를 보았다. 그 카누는 열 명이 노를 젓고 있었다. 뱃머리는 높고 예쁘게 굽었다. 앞은 독수리 모양이었고, 뒤는 검은 눈에 붉은 혀를 내민 곰 모양이었다. 그 사람들은 들어 보지도 못한 말로 우리를 불렀다. 그 시끄러운 소리는 마치 진흙에서 발을 뗄 때 나는 소리 같았다.

드루어가 '브로큰 페이스(Broken Face, 다친 얼굴)' 추장에게 큰 손과 긴 팔을 휘두르며 말했다. 브로큰 페이스 추장은 다섯 가지 아름다운 동물 가죽으로 만든 옷을 꺼냈다. 추장은 그것을 푸른 구슬 두 주먹과 바꾸고 싶어했다. 그 옷이 햇빛에 반짝였다. 클라크 대장이 옷을 눈여겨보며 드루어에게 말했다.

"구슬이 얼마 안 남았어. 다른 것과 바꾸자고 해. 난 그 옷을 갖고 싶어. 이렇게 아름다운 옷을 본 적이 없어."

드루어는 총과 화약으로 교환하려 했으나 추장은 푸른 구슬 한 주먹을 원했다.

나는 클라크 대장이 준 허리띠를 차고 있었다. 추장이 허리띠를 가리켰다. 클라크 대장은 망설이다 말했다.

"허리띠를 내주어도 괜찮겠어?"

나는 내키지 않았다. 눈물이 났다. 그러나 클라크 대장이 그 수달 옷에 마음을 빼앗겼기 때문에 허리띠를 풀어 주었다.

강물이 넓어졌다. 거위와 오리, 그리고 부리가 큰 펠리컨들이 더 많아졌다. 바람이 서쪽에서 불며 소금 냄새가 났다. 클라크 대장은 바다가 가깝다고 했다. 모두 환호하며 노를 더 빨리 저었다. 야영을 할 때 크루자는 바이올린을 켜고 사람들은 춤을 추었다.

가파른 강둑에서 야영을 했다. 아침이 되자, 물이 무릎까지 차올랐다. 클라크 대장은 바다에는 밀물과 썰물이 있어 하루에 두 번씩 물이 강까지 들어왔다가 다시 나간다고 했다.

나는 전에 물맛이 나쁘다는 말을 들었던 기억이 나서 물을 몇 모금 마셔 보았다. 사실이었다. 짜고 비릿한 맛이 났다.

그 날 강은 더욱 넓어졌다. 차가운 안개가 강둑을 숨겼고 북풍이 불기 시작했다. 그러더니 비가 세차게 퍼부었다. 아기가 젖지 않도록 애를 썼다. 저녁 무렵이 되자 비가 멎었다. 아름다운 빛들이 바다 너머 저 멀리서 펼쳐졌다.

클라크 대장이 말했다.

"우린 내일 저길 갈 거야. 내일 이맘때쯤이면 바닷가에 부딪히는 큰 물결을 볼 거야."

하지만 우리는 그 물결을 더 빨리 보았다. 다음 날 아침, 우리가 강에서 빠른 속도로 나갈 때 물결이 밀려왔다. 아무런 경고도 없었고, 또 빠른 물살에 가까워졌을 때 들었던 소리도 없었다. 강물은 그저 영양 가죽처럼 잔잔하고 조용하게 바다로 이어졌다.

그때 우리 바로 앞에서, 강물이 갑자기 솟구쳐 올라왔다. 짜고 차가운 물이 튀겼다. 카누 앞에 앉아 있던 세 사람이 앞으로 기울었다. 아기는 소리를 질렀다. 헤엄을 못 치는 샤르보노는 누워서 두 손으로 난간을 붙잡았다.

클라크 대장이 움직이지 말라고 소리쳤다. 그리고 노 젓고 있는 네 사람에게 소리를 질렀다.

"오른쪽으로 당겨. 바닷가로. 세게 잡아당겨."

커다란 노를 힘껏 잡아당겼지만 통나무배는 움직이지 않았다. 배는 제자리에 있었다. 어떤 큼직한 손이 뒤에서 잡고 있는 것 같았다.

나는 요람에서 아기를 꺼내 안았다. 샤르보노는 가지 말라고 소리쳤다. 샤르보노 목소리는 두려움에 떨고 있었다. 클라크 대장이 쓰고 있던 털모자가 바람에 날아갔다. 긴 머리가 얼굴 위로 거칠게 휘날렸다. 가죽같이 튼튼해 보이던 얼굴이 하얗게 되었다.

우리는 배 뒤쪽으로 쓸려 갔다. 산처럼 솟아오른 두 물줄기 사이의 계곡 속에 있었다. 그 순간 누런 모래와 검은 바위가 있는 강바닥이 보였다. 그런데 눈 깜짝 할 사이에 모래와 바위가 없어지고, 우리는 높이 높이 강둑보다 더 높이 올라와 있었다. 천둥소리와 악령들이 내는 기괴한 소리와 신음소리에 귀먹을 지경이 되어, 오랫동안 공중에 매달려 있는 것 같았다.

다시 고요해졌다. 힘센 손이 우리를 내던져, 강둑으로 내동댕이친 것 같았다. 루이스 대장과 나머지 일행은 우리 뒤에 있었기에 바닷가에 도착할 때 무슨 일이 일어났는지 보았다.

짙은 안개를 몰고 물결이 또 밀려 왔다. 나는 아기를 꼭 안았다. 안개 속이라 잘 보이지도 않았다. 아기는 어린 유령처럼 보였다. 불쌍한 아기, 불쌍한 미코!

우리는 나무들이 죽죽 뻗은 작은 숲에서 야영을 했다. 모두 젖어 태울 것이 없었다. 사람들은 음산한 불을 피우며 둘러앉아 강에서 일어난 일을 이야기했다.

루이스 대장이 말했다.

"컬럼비아 강이 흘러 나가고 바닷물이 들어오지. 강과 바다가 충돌하는 거야. 누가 이기나 싸움을 하는 거지."

클라크 대장이 물었다.

"어디서 그런 소리를 들었어?"

"어디선가 읽었어. 잡지에서. 매일 이런 일이 두 번씩 일어난대."

클라크 대장은 진작 알아야 할 것을 알게 되었는데도 즐거운 표정이 아니었다.

우리는 바다 아주 가까이에 있었다. 밤새 안개 속에서 바다 소리를 들을 수 있었다. 다음 날 아침, 클라크 대장이 막사에서 기어 나와, 바다에 도착해서 기쁘냐고 내게 물었다.

"밤새 들었어요. 지금도 들려요. 그런데 바다가 어디 있어요?"

"저 언덕 너머."

클라크 대장은 짠맛이 느껴지는 바닷바람을 들이마셨다. 그리고 두 손을 번쩍 들며 소리쳤다.

"바다가 보인다. 보인다, 보여. 오, 이 기쁨이여!"

클라크 대장은 그 큰 물을 볼 수 없었다.

"바다가 저 언덕 너머에 있는지 어떻게 알아요?"

내 말은 파도치는 소리와 함께 사라졌다. 나는 실망을 감추지 못했다.

"난 네가 기뻐 춤추고 노래할 줄 알았어. 그런데 넌 꿰다 놓은 보릿자루처럼 멍하니 서 있기만 하는구나."

클라크 대장이 나를 나무라는 말은 처음이었다. 눈물이 솟구쳐 올라왔다. 돌아서서 눈물을 닦았다.

클라크 대장이 미코 머리에 손을 얹고, 언덕 너머 '큰 물'을 가리키며 말했다.

"저게 보이지, 팜? 네 엄마는 보든 못 보든 말이야."

미코가 꼴꼴 목을 울렸다. 미코는 클라크 대장이 지어준 이름, '팜'이라는 소리를 좋아했다. 그 소리를 들으면 요람을 발로 찼다. 그 소리는 마치 화살이 들소를 맞추는 소리처럼 들렸다.

"눈물을 닦아. 곧 바다에 갈 거야."

"그러고 싶어요. 지금 언덕 위로 올라가 봐요."

"내일. 우린 이제 막 비를 피했어."

나는 다음 날 바다에 가지 못했다. 그 다음 날도 못 갔다. 여러 날이 지나서야 비로소 바다를 볼 수 있었다.

24장

장엄한 바다 앞에서

그 다음 날, 또 그 다음 날 우리는 야영장을 세 번이나 바꾸
었다. 천둥소리를 내는 물소리 때문에 밤새 잠을 이루지 못하
고 3킬로미터 정도 뒤로 물러섰다. 카누들이 바닷물에 잠겨 가
라앉았다. 세 번째 야영장에서는 나무와 물이 부족했다. 클라
크 대장은 이 곳을 '실망봉'이라 이름 붙였다.

모든 어려움 중에서도 비가 가장 힘들었다. 비는 밤낮을 가리
지 않고, 보슬비로 내리기도 하고 장대비로 쏟아지기도 했다. 비
는 그치지 않았다. 오랜 여행을 하는 동안 낡은 옷과 신발, 담요
들이 썩기 시작했고, 새것을 만들 가죽이 없었다.

원주민 때문에 어려움을 겪기도 했다. 클랫숍족이었다. 이 부

족 어머니들은 아기가 태어나면 머리를 널빤지와 널빤지 사이에 끼웠다. 이렇게 하면 얼굴이 넓어지고 머리는 이마와 일직선이 되도록 평평해졌다. 미코 머리를 널빤지로 납작하게 만든다는 생각을 하니 몸서리가 쳐졌다.

클랫숍족은 이상한 옷을 입었다. 클라크 대장 말로는 그 옷은 백인한테서 사들인 것이라 했는데, 백인들이 타고 오는 배는 우리가 가진 가장 큰 카누보다 몇 배는 더 크다고 했다. 클랫숍족은 수달 털가죽을 몸에 맞지도 않는 코트와 다리보다 많이 긴 반바지, 머리에 너무 크거나 작은 모자와 바꾸었다.

클랫숍족은 지켜보고 있는데도 물건을 가져갔다. 그들은 욕심이 많았다. 클라크 대장이 그들 중 한 명에게 자기의 시계, 손수건, 빨간 구슬 한 줌, 은화를 주었다. 이 모든 것을 수달 털가죽 단 한 장과 바꾸었다. 그런데도 더 바랐다. 그 사람은 푸른 구슬도 달라고 했다.

클라크 대장은 썩 꺼지고 다시는 오지 말라 했다. 그 남자와 그의 아내는 돌아갔지만 가는 길에 도끼를 가지고 달아났다. 클라크 대장은 그들을 찾아 나섰다가 허탕을 치고 숨을 헐떡이며 돌아왔지만 화를 내지는 않았다.

클라크 대장이 말했다.

"그들은 미국 배를 타고 온 사람들과 교역을 하면서 속임수를 배웠어. 그들을 너무 심하게 책망하고 싶지 않아."

사냥감이 부족하고 담요에 벼룩 떼가 우글거려 새로운 야영지로 이동하였다. 이동하기 전에 클라크 대장은 소나무에 몇 마디 글을 새겨 놓았다. 먼저 도끼로 두꺼운 나무껍질을 벗겨 낸 다음 말끔한 부분에 숯으로 글을 썼다. 그리고는 칼로 글 쓴 부분을 도려냈다. 한참이나 걸려 끝마쳤을 때 무슨 말을 썼냐고 물었다.

" '윌리엄 클라크, 1805년 12월 3일. 1804년과 1805년에 미국에서 육로로 오다.' "

클라크 대장은 흡족해하며 읽었다.

클라크 대장이 손을 내밀었다. 물집이 많이 생겼다.

"내가 칼을 더 잡을 수 있다면 네 이름도 새길 텐데. 너도 만단 요새에서부터 내내 함께 왔어. 자랑스럽지 않아?"

나는 대답하지 않았다. 그이가 나를 자랑스러워 할까? 세상에서 가장 중요한 것은 바로 그것이었다.

"네가 없었다면 우린 해낼 수 없었을 거야, 제니."

내 심장이 들릴 정도로 쿵쾅거렸다.

"여기가 네 이름이 들어갈 자리야, 내 이름 바로 옆에."라고 말하고는 내게 입을 맞췄다.

그 날 밤 모두 잠들었을 때 나는 칼과 양초를 찾아 그 소나무가 있는 곳으로 갔다. 클라크 대장이 내게 맨 처음 가르쳐 준 단어는 내 이름이었다. 대장이 새긴 글자 바로 아래에 공간이 있었다. 촛불 아래서 최선을 다해 '제니'라는 말을 새겨 넣었다.

아침 햇살에 내가 새긴 것은 조잡하게 보였고, 대장이 새겨 놓은 글자만큼 멋있어 보이지는 않았지만 내 것도 읽을 만했다. 그 날 우리가 이동했기 때문에 대장이 내가 새겨 놓은 것을 보았는지 잘 모르겠다. 하지만 나는 내 이름이 그 사람 이름 옆에 있다는 것은 잘 알고 있었다.

우리는 강을 건너 '클랫숲 요새'라는 곳에 왔다. 굵은 말뚝으로 둘러친 울타리는 가로세로 각각 큰 걸음으로 열여섯 걸음을 걸을 정도로 컸다.

이 곳에서는 형편이 좋았다. 옷을 말릴 수도 있었고, 모기와 벼룩도 적었다. 하지만 사냥꾼들이 매일 나갔으나 음식은 여전히 부족했다. 우리는 오랫동안 클랫숲족이 먹는 것과 똑같은 고사리, 등심초, 감초, 엉겅퀴를 먹었다. 덫으로 비버를 잡아 맛있게 먹었다. 나는 한 조각을 잘게 씹어 미코에게 먹였다. 미코는 나처럼 비버 고기를 좋아했다. 웃으며 더 달라고 했다.

친절한 클랫숲 남자가 아내 넷과 함께 요새로 와서 엄청나게 큰 물고기의 좋은 부위를 한 바구니 가득 주었다. 요새만큼 큰 물고기가 근처 바닷가에서 죽었던 것이다. 사람들은 그 물고기

맛이 개고기 맛과 비슷하다고 했다. 나는 개고기를 먹어 보지 못해서 비교할 수 없었다.

두 대장은 부하를 몇 명 데리고 바닷가로 가서 고깃덩이를 가져오기로 했다. 나도 그 큰 물고기를 무척 보고 싶었다. 게다가 우리는 강어귀에 도착한 뒤로 바다를 보지 못했다. 사람들은 미네타리 마을을 떠날 때부터 바다 이야기를 했다. 나는 바다가 일으키는 물결에 빠져 죽을 뻔하기도 했다. 바다 소리를 들었고, 바다 냄새를 맡았다. 하지만 바다를 직접 보지는 못했다. 내 아기에게도 보여 주지 못했다.

나는 따라가게 해 달라고 부탁했다. 루이스 대장은 내 등에 있는 요람에서 눈을 떼지 않았다.

"아기와 함께?"

"애 아빠에게 맡길 수 있어요."

샤르보노는 이미 한참 걸어가 무겁고 기름진 고기를 등에 메고 오고 싶지 않다는 말을 했다.

"그들은 나, 샤르보노를 물고기 운반이나 하라고 고용한 게 아니다. 길 안내 하라는 거였다. 어쨌든 난 발가락에 물집 생겨 못 간다."

루이스 대장이 말했다.

"네 남편과 나는 이야기를 했어. 그는 우리와 함께 가기로 했어. 그래서 아기를 맡길 수 없어."

"제가 직접 데려갈게요. 며칠이고 아기를 데리고 다녔어요. 멀리 만단 요새에서 여기까지도 제가 데리고 왔어요."

클라크 대장이 나섰다.

"자! 내가 팜을 데려가지."

아기와 요람을 내밀자 클라크 대장이 등에 멨다. 그리고 우리는 출발했다. 높은 언덕배기에 올라갔다. 바닷가에 부딪치는 파도 소리가 들렸다. '거대한 물', '위대한 물', 바다가 발 아래에 있었지만 안개가 끼어 볼 수 없었다.

클랫숩족들이 먼저 바닷가로 출발했다. 우리는 길이 워낙 가파르기 때문에 한 걸음씩 한 걸음씩 천천히 걸어가야 했다. 등에 한 짐씩 메고 바닷가에서 돌아오는 클랫숩족들을 만났다.

드디어 넓은 모래밭에 이르렀다. 바닷가는 미주리 강가와 비슷했지만 모래가 더욱 희었다. 나는 걸음을 멈추고 두리번거리며 큰 바다를 찾았으나 소용돌이치는 안개만 보였다. 바닷가로 더 가까이 가자 물이 두 다리로 감아 올라왔다가 다시 빠져나갔다. 점점 더 많은 물이 차올랐다 나갔다.

클라크 대장이 내게 물었다.

"드디어, 네가 듣던 바다에 왔어. 기분이 어때?"

"너무 추워요."

나는 물을 조금 먹어 보았다.

"맛이 어때?"

"아주 나빠요."

나는 물을 뱉으며 말했다.

"바닷물이 밀려 왔다 밀려 가는 거야."

"어디로 가요?"

"세계로."

"세계? 처음 들어보는 말이에요. '세계'라는 말을 들어본 적이 없어요. 그게 무슨 뜻이죠?"

"우리가 사는 세상이란 말이야. 여기. 우리 주변 모든 곳. 그리고 저 너머. 시내와 강, 언덕과 산, 초원과 평야, 드넓은 호수, 네 앞에 있는 바다, 그리고 이 곳이 아닌 많은 다른 바다. 세상은 둥글고 까슬까슬한 배처럼 생겼고 아이들이 가지고 노는 팽이처럼 돌아."

내 머리도 돌았다. 나는 땅과 시내와 강과 바다가 끝없이 펼쳐진 모습을 보았다. 하지만 이 모든 것들이, 까슬까슬한 배같이 둥근 것이 빙글빙글 도는 것은 볼 수 없었다.

안개가 걷히고 해가 나왔다. 갈색 풀로 뒤덮인 바위들이 보였다. 물이 그 위를 씻어주어 늘어진 풀들이 반짝거렸다. 어떤 바위에는 동물이 누워 있었다.

"해달이야. 클랫숩족은 저 해달을 잡아 털가죽을 백인에게 팔아."

바위 너머로 물고기들이 이리저리 헤엄을 치며 뛰어오르기도 했다. 물고기들은 푸른빛이 감돌았고, 햇빛을 받아 번쩍거렸다. 클라크 대장에게 무슨 고기가 저렇게 아이들처럼 노느냐고 물었다.

"돌고래야. 저건 어류가 아니라고 루이스 대장이 그러더군. 돌고래는 털이 없어서 인디언들이 죽이지 않아."

내 질문이 피곤한 건지 두려운 건지 모르겠지만, 대장은 내게 요람을 건네고 돌아서 바닷가를 달려가 멀리 사라졌다.

나는 찬물에 발을 담갔다. 두 손으로 물을 떠 얼굴을 씻고, 미코 얼굴도 씻기고는 요람에서 꺼내 물에서 놀게 했다. 미코는 물을 마시려 했다.

손을 올려 모든 것을 지배하는 위대한 신령님께 기도했다. 끝없이 펼쳐진 장엄한 바다 앞에서, 돌고 도는 세상 앞에서.

우리가 지나온 길에 만났던 추장이 자기 아내들과 함께 절벽을 반쯤 올라가 있었다. 추장은 바다를 가리키며 내게 클라크 대장이 어디 있는지 알려 주었어도 알아듣지 못할 크랫숩 말로 아래쪽으로 소리쳤다. 여자들이 바구니를 내려놓았다. 추장이 다시 소리쳤다. 여자들이 바구니를 다시 잡았고, 추장은 손을 흔들었다. 그리고 그들은 모두 웃으며 길을 올라갔다. 나는 그들의 웃음이 무슨 의미였는지 알지 못했다.

굽어진 길에서 클라크 대장의 발자국을 따라가다 보니, 대장과 그 부하들이 이상한 구경거리를 뚫어지게 보고 있었다. 그것은 집채만 했다. 이제 막 짓기 시작하여 말뚝만 박아 놓은 추장 집처럼 보였다. 그건 커다란 물고기였다. 클랫숍족은 그것을 깨끗하게 벗겼다. 결국 뼈와 크게 벌린 턱만 남았다.

사람들은 '크리스마스'라는 날을 기다렸다. 크리스마스 아침에 노래를 부르고 대포로 축포를 쏘며 잎을 비틀어 만 트위스트 담배를 나누어 피웠다. 하지만 먹을 건 별로 없었다. 얼마 되지 않는 사슴고기와 물고기, 그리고 클랫숍족이 '샤나타키'라고 하는 검은 뿌리 약간뿐이었다. 그 날 밤 드루어가 불가에 앉아 자기가 보고 겪은 일을 말해 주었다.

어떤 건 믿기지 않았다. 예를 들면, 겨울에 스페인 사람들이 있는 곳에 갔는데 그 곳엔 여드레 동안 눈이 내려 24미터나 쌓였다는 이야기 같은 것이 그랬다.

"나는 말을 타고 꼭대기까지 올라갔어. 그리고 큰 계곡으로 내려갔는데 거긴 눈이 없었어. 그리고 다른 쪽으로 넘어가 보니 작은 계곡에 푸른 잎사귀가 무성한 나무들이 있었어."

드루어 얼굴은 진지했다.

"야영하기 좋은 장소였지. 난 배가 고팠어. 나뭇가지 위에 앉았다가 살진 꿩이 보여서 총을 꺼내 쐈어. 그 새는 나뭇가지에서 떨어졌고 열두 조각이 났어. 조각들이 풀밭 여기저기 떨어졌지. 난 물을 마시려고 시내로 내려갔는데 물이 돌이었어. 나무딸기가 자라고 있기에 그걸 먹으려다가 이가 부러졌어. 그건 루비였던 거야. 불을 피우려고 도끼로 통나무를 쪼개려 했는데, 너무 단단해 도끼만 망가졌지. 나는 분명 돌 숲에 있었던 거야."

오드웨이 중사가 물었다.

"그 루비를 어쨌어?"

"스페인 여자들에게 주었지. 난 그때 너무 어리고 어리석었어. 아! 지금 루비를 갖고 있으면 좋을 텐데. 자두만 한 거였거든."

클라크 대장이 씩 웃었다.

"자두만큼 큰 루비라고?"

"더 컸어요. 그리고 자루를 가득 채울 정도로 많았어요."

드루어 얼굴은 여전히 진지했다.

사람들은 웃었지만 나는 웃지 않았다. 스페인 사람들이 사는 산꼭대기가 정말 있을까 궁금했다. 나는 세상을 끊임없이 흐르는 바다와 위대한 신령님이 계시는 산 속 동굴과 그 밖에 다른 것들을 생각했다.

25장

마음속에 남은 사랑

며칠 뒤 클랫숍 추장이 아내들과 함께 사슴고기를 자루에 담아 요새로 왔다. 추장은 가져온 것의 두 배나 되는 대가를 요구했다. 귀중한 푸른 구슬 한 줄을 원했다.

추장은 바로 쫓겨났지만 일주일만에 다시 왔다. 이번에는 아내들과 함께 카누 다섯 척을 가져왔다. 카누가 워낙 가벼워 여자들이 한 손으로 들 수 있었다. 추장은 이것을 푸른 구슬 세 줄과 클라크 대장의 사슴 가죽 바지와 바꾸자고 했다.

대장은 눈 덮인 산을 넘고 미주리 강을 건너 만단 요새로 가는 길에 바지가 필요할 것 같아 바꾸기를 꺼렸다. 게다가 가지고 있는 푸른 구슬은 한 줄뿐이었다.

클라크 대장이 내게 물었다.

"혹시, 숨겨 둔 푸른 구슬 있어? 한 사람이 들 수 있을 정도로 가벼운 저 카누는 우리가 만단 요새로 돌아가는 길에 큰 도움이 될 거야."

떠날 준비를 하는 것이 실망스러웠다. 그리고 이토록 멀리, 모두가 힘들게 많은 고생을 하면서 왔는데, 왜 이렇게 빨리 돌아가자는 것인지 도대체 이해가 되지 않았다. 무엇보다도 우리가 만단 요새로 돌아가면 어떻게 될 것인지도 몰랐다.

"구슬이 조금만 있어도 흥정해 볼 수 있어."

"흰 구슬이 있어요."

"푸른 구슬은 없어?"

"없어요."

"아마 네가 내게 준 것 같은 허리띠가 또 있을 거야. 우리가 수달 가죽과 바꾼 것 말이야."

나는 아무 말도 하지 않고 허리띠도 주지 않았다. 대장이 내 것을 가져간 것이었다. 우리가 바꾼 것이 아니라 그이가 바꾼 것이었다. 불빛이 내 얼굴에 비쳤다. 그이는 틀림없이 내가 흘리는 눈물을 보았을 것이다. 그이가 내 허리띠를 바꿔 버렸을 때, 내 마음에 난 상처가 아직도 아물지 않았다는 것을 그이는 알아야 한다.

"바꾸고 싶지 않은 건 알아."

"당신이 허리띠를 내게 줬어요. 그건 내 거예요."

"알아, 알아, 하지만 수달은 세상에서 가장 아름다운 털가죽을 가졌어. 그리고 이건 이제까지 본 것 중에서도 가장 아름다운 털가죽이야. 너무 아름다워서 전에 들었던 이야기가 생각나. 그 얘기 들어볼래?"

나는 아무 말도 하지 않고, 그저 대장이 말하는 것에 관심이 없다는 것을 알아주길 바랐다. 대장은 어쨌든 이야기를 했다.

"세상 저 반대편에, 높은 산이 많은 '티베트'라는 곳이 있는데, 그 곳 여자들은 야생 염소 털로 멋진 어깨걸이를 만들어. 양털 같아 보이는데 만져 보면 달라. 마치 구름에 손을 얹어 놓은 것 같아."

나는 그 추장이 수달 털가죽을 하늘 높이 들어 올렸을 때 너무 놀라워 숨이 멎었던 일이 기억났다. 그것을 내 어깨에 걸치면 얼마나 좋을까! 그렇지만 내겐 허리띠가 훨씬 더 소중했다. 그이가 내게 준 것이었기 때문이었다.

"그건 산꼭대기를 돌아다니는 야생 염소 털로 만든 거야. 염소는 네가 아는 흰 꼬리 달린 영양같이 생겼어. 그 티베트의 염소 털은 깎은 게 아냐. 여자와 아이 들이 가시나 나무나 돌부리에 걸려 있는 털을 모은 거야. 그들은 내가 낀 반지만큼이나 작은 고리 사이로 실을 뽑아 어깨걸이를 만드는데 얼마나 좋은지 몰라."

클라크 대장이 손을 내밀어 자기 반지를 보여 주었다. 하트 모양을 한 푸른 돌이 박혀 있었다. 나는 전에도 그렇게 생긴 돌을 본 적이 있었다. 저 멀리 남쪽에서 나바호라는 인디언들이 가져 왔다.

클라크 대장은 반지를 빼고 내게 손을 내밀라고 하더니 손가락에 그 반지를 끼워 주었다.

"이 반지가 푸른 구슬 박힌 허리띠만큼 아름답지는 않아."

대장은 반지 낀 손가락에 입을 맞췄다.

"하지만 넌 이 반지를 볼 때마다, 우리가 함께한 여행이 생각날 거야."

나는 샤르보노 앞에서 그 반지를 끼고 있을 수 없어, 샤르보노가 내기를 하고 돌아와 상아 손잡이가 있는 칼을 얻은 걸 자랑할 때 숨겨 버렸다.

아침에 클랫솝 추장이 아내들을 데리고 왔다. 그들은 가벼운 카누 다섯 척 대신 커다란 검은 카누 한 척을 가져왔다. 추장은 그것을 색은 상관없이 구슬이나, 도끼 한 자루, 작은 칼 두 자루, 낚싯바늘 열 개, 그리고 공기총과 바꾸고 싶어했다.

양쪽 배 끝에 멋진 조각을 한 카누는 많은 짐을 실을 수 있었다. 클라크 대장은 그 카누를 몹시 갖고 싶어했지만 총은 루이스 대장의 것이었다. 루이스 대장은 총을 내주고 싶지 않았다.

클라크 대장이 말했다.

"칼, 도끼, 낚싯바늘, 구슬. 더는 안 돼."

추장이 말했다.

"식량이 없다."

"당신네 카누는 구멍이 나서 물이 새."

"총에 화약이 없다."

클라크 대장은 생각했다. 자리를 뜨더니 총 한 자루를 갖고 왔다. 그 총에 평소보다 두 배나 많은 화약을 넣어서 추장에게 주었다. 추장은 고슴도치 털로 머리를 땋고 있었다. 추장이 방아쇠를 당기자 큰 소리가 울리고 고슴도치 털이 사방으로 흩날렸다.

추장은 그 소리가 너무 좋아 공기총에 대한 생각은 잊어버리고 검은 카누를 내주며 오래된 사슴 기름도 선물로 주었다. 우리는 그 선물을 받고 기뻐했다. 나는 그 날 낮 동안 그 기름을 끓여 초를 만들었다.

겨울엔 사슴 가죽으로 옷을 만드느라 바빴다. 우리가 만단 요새에 도착할 때까지 입을 옷과 가죽신을 충분히 만들었다.

우리는 뿌리를 모으고, 연어를 넉넉하게 훈제시켜 놓았다. 우리가 출발한 후 몇 주일 동안은 연어가 알을 낳으러 강을 거슬러 올라오지 않기 때문이었다. 이것은 여기부터 큰 산까지 여러 부족들이 배곯고 살아서 거의 식량을 살 수 없다는 것을 의미했다.

큰 문제는 개나 말과 바꿀 것이 부족하다는 것이었다. 우리는 파란색 옷 여섯 벌, 주홍색 옷 한 벌, 하얀 바탕에 빨간 무늬가 있는 옷 다섯 벌, 그리고 파란 깃발과 리본 달린 누더기 옷 몇 벌이 있었다. 그게 전부였다. 이제는 바꿀 구슬이 없었다.

강을 거슬러 오른 지 얼마 안 되어 '니코키우'라는 마을에 도착했다. 바꿀 물건이 부족한 것이 문제가 되기 시작했다. 니코키우족은 뿌리를 충분히 갖고 있었지만 클라크 대장이 제안한 것을 좋아하지 않았다. 우리는 니코키우족이 못마땅한 표정을 짓고 불친절한 태도를 보여서 공격해 올지도 모른다는 생각이 들었다. 클라크 대장이 이 문제를 풀었다.

클라크 대장은 불가로 가 추장과 그의 부하들 앞에 앉았다. 화약을 불에 던지고, 바늘이 돌아가는 나침반을 꺼냈다. 이상한 소리를 내며 불길이 무섭게 솟구쳐 올랐다. 여자들이 비명을 질렀다. 아이들은 잠자리로 달려가 가죽을 덮어썼다. 추장은 용기를 보이려 했으나, 벌떡 일어나 대장 앞에 뿌리를 내놓고 그 괴물 같은 불을 꺼 달라고 간청했다.

강을 조금 더 올라갔다. 해 질 무렵, 와셀라 추장과 그의 부하 여섯이 야영장에 나타났다. 추장은 스캐논을 보고 감탄했다. 스캐논을 보며 주변을 서성거렸다. 이렇게 큰 개를 본 적이 없는 추장은 부하 넷을 보내 아름다운 비버 가죽 네 장을 가져오게 했다. 그것을 개와 바꾸자는 것이었다. 루이스 대장은 잠시 생각하더니 거래를 거절했다.

추장은 화가 났다. 다음 날 아침 일찍 모두가 잠들어 있을 때, 부하들과 몰래 와서는 스캐논을 훔쳐갔다. 아마도 스캐논이 좋아하는 생선으로 꼬인 것 같았다.

도둑들이 멀리 가기 전에 개가 없어진 것을 알았다. 사람들은 분개했다. 스캐논은 애완견 이상의 의미가 있었다. 스캐논은 떠돌아다니는 곰과 우리를 짓밟으려는 들소로부터 우리들을 구해 주었다. 새와 다람쥐를 잡아 루이스 대장의 저녁거리를 마련해 주기도 했다. 스캐논은 우리의 영웅이었다.

우리는 말이 빨리 달릴 수 없는 숲 속에 자리잡고 있었다. 요크가 달리기를 잘해서, 클라크 대장은 요크에게 말 탄 사람 셋과 함께 개를 찾아오라고 했다. 만일 요크와 말을 타고 간 사람들이 실패하면, 총을 들고 도둑을 추적할 준비를 했다. 우리는 무슨 일이 일어날지 몰랐다. 하지만 일이 잘되었다. 요크가 도둑을 따라잡아 인디언 말을 타고, 스캐논과 와셀라 개 두 마리를 끌고 왔다.

"도둑들은 예닐곱이었는데, 큰 집 앞에서 스캐논에게 들소 고기를 먹이고 있었어요. 우리가 함성을 지르며 도끼를 휘둘렀어요. 잠시 그들은 나를 보더니 얼굴이 물고기 배처럼 하얗게 됐어요. 우리가 또 함성을 지르려 하자 모두 달아났어요. 마치 그 자리에 없었던 것처럼 사라졌어요."

강을 따라 더 가서도 순조롭지 않았다. 저녁때, 웍속월라컴족을 초청했다. 루이스 대장이 개고기 먹는 것을 보고 젊은 인디언이 화를 냈다. 웍속월라컴족은 개를 먹지 않았다. 그 젊은이는 강아지를 루이스 대장 접시에 던져 역겹다는 뜻을 보였다. 대장은 강아지를 잡아 다시 던졌다.

여기까지 오는 동안 어떤 마을도 우리가 강을 내려갈 때처럼 친절하지 않았다. 루이스 대장은 우리가 거래할 물건이 없기 때문이라 생각했다. 클라크 대장은 그들이 긴 겨울을 견뎌 냈고 배가 고파서 불친절한 것이라 생각했다. 샤르보노는 두 사람 모두 틀렸다고 생각했다.

"그들은 신들이 말해 주어서 백인을 두려워하는 거요. 신들이 그들에게 말하지. '조심해 인디언들아, 백인들은 물고기, 말, 땅, 물, 모든 걸 차지했어. 눈 한쪽만 깜빡이면 다 죽어. 끝장이야!'"

스킬루트 마을에 와서야 비로소 형편이 좋아졌다. 마을 전체가 기뻐 어쩔 줄을 모르고 있었다. 그들은 그 날 우리가 오기 전에 연어를 잡았다. 봄이 되자마자 올라온 연어들은 은빛 비늘에 분홍빛 살이었고, 길이가 내 팔뚝만 했다.

그들은 엄청난 연어 떼가 온다는 것을 알고 있었다. 연어 떼가 빨리 오라고 기원하는 뜻에서, 잡은 연어를 잘게 잘라 마을 어린 이들에게 한 점씩 주었다. 그들은 기분이 너무 좋아 클라크 대장 에게 개를 여섯 마리나 주었다.

클라크 대장은 강을 따라 올라가며 만나는 사람들 모두에게 친절하게 대하려고 애썼다. 손을 흔들어 주었고, 찻잔 모양으로 손을 오므렸다. 마음속에서 떠오르는 대로 소리쳐 인사도 했다. 그들이 손을 흔들거나 말거나 손을 흔들었다.

어느 마을에 가더라도, 아픈 사람이 있으면 최선을 다해 치료 해 주었다. 약 처방을 잘해 주었고, 늙은이, 어린이 할 것 없이 모든 이들에게 참을성 있게 대해 주었다. 오랫동안 앓던 사람이 하루 이틀만에 낫게 되면 무척 기뻐하였다.

클라크 대장은 미코가 몹시 아팠을 때도 치료해 주었다. 미코 는 클랫숍 요새를 떠날 때 비를 맞아 독감에 걸렸다. 귀밑이 빨 개지고 부풀어올랐다. 몸은 불덩이처럼 뜨거웠다. 클라크 대장 만 빼고 모두들 미코가 죽을 거라고 생각했다.

클라크 대장이 삼각건을 만들어 주었다. 나는 미코를 어깨에 메고 다닐 수 있어, 요람에 있을 때보다 잘 볼 수 있게 되었다.

클라크 대장은 야생 양파로 만든 찜질약을 부풀어오른 부위에 대 주었다. 그래도 효과가 없자, 흰 가루약을 물에 타서 아기에게 먹였다. 이것도 소용 없자 밀랍과 나무진, 송진과 곰 기름으로 연고를 만들었다.

나는 너무 걱정되어 아무것도 먹을 수가 없었다. 클라크 대장은 내게 억지로라도 먹으라고 했다. 샤르보노도 크게 걱정했다. 샤르보노는 비버 털과 사슴 기름으로 붕대를 만들었으나 클라크 대장이 사용하지 말라고 했다. 클라크 대장은 아기를 안고 노래를 불러 주기도 했다. 나는 미코가 건강을 회복한 것이 그 노래 덕분이라 생각했다.

나는 클라크 대장이 아기를 살려내는 것을 지켜보았다. 날카로운 돌을 밟으며 얼음장 같은 물을 건너는 사람들에게 농담하는 소리도 들었다. 건너기 힘든 곳에선 허리에 밧줄을 매고 사람들이 무거운 카누를 끌도록 도와주는 것도 보았다. 불타는 태양 아래에서 땀을 뻘뻘 흘리고, 물에 머리를 담가 더위를 쫓는 모습도 보았다. 붉은 머리를 말리고 구릿빛처럼 빛나던 머리칼을 빗질하는 것도 보았다.

미코가 건강을 회복하자, 높이 들어올리며 같이 노는 것도 보았다. 그들이 함께 노는 것을 보는 것은 내 인생의 큰 행복이었다.

26장

고난은 고난으로 이어지고

우리는 만년설이 덮인 산에 왔다. 뒤에는 컬럼비아 강과 바다
가, 앞에는 옐로스톤 강과 미주리 강이 있었다. 여름이었지만 길
에는 아직도 눈이 많이 남아 있었다.

나는 클라크 대장이 네 페르세족한테 산 검은 말을 탔다. 진창
으로 바뀐 길보다 눈 위를 말 타고 가는 것이 훨씬 더 편했다. 전
에 산을 올라갈 때는 미코가 너무 어려 눈에서 놀지 못했다. 이
제는 야영할 때, 스캐논과 함께 눈 속을 뒹굴며 놀았다.

사람들이 모두 말을 타고 짐과 루이스 대장이 수집한 것을 몽
땅 실을 만큼 말이 충분했다. 바다로 가는 길에 롤로 패스를 지
날 때는 눈이 없었지만 돌아갈 때는 폭설이 내려 길을 분간할 수

없었다. 네 페르세족이 며칠 동안은 사냥감이 부족하고 말들도 먹을 풀이 없을 거라 했다.

그러나 두 대장은 떠나기로 했다. 만일 기다린다면, 올해가 가기 전에 만단 요새로 돌아갈 수 없었다. 우리는 매일 한 끼만 먹어야 했다. 대장들은 말은 풀이 없어도 갈 수 있을 거라고 생각했다. 네 페르세족 두 사람이 어느 정도까지 앞서 가 주겠다고 약속했다.

우리는 눈 덮인 롤로 패스에 들어섰다. 길을 안내하겠다던 사람들은 오지 않았다. 날이 너무나 추웠다. 나는 담요 두 장으로 미코를 감쌌다. 사냥감도 굴뚝새보다 큰 것은 없었다. 말 먹일 풀도 없었다.

우리의 유일한 안내인, 드루어가 우리가 제대로 가는 것인지 의아해했다. 두 대장은 틀림없이 길을 잃은 거라며 돌아가라고 명령했다.

사람들은 눈을 깊게 파고 얼마 안 되는 음식과 모든 짐, 그리고 두 대장이 간직해 온 서류를 묻었다. 드루어가 며칠 전 떠났던 네 페르세 마을로 돌아가 길 안내 할 사람을 찾아보려고 먼저 서둘러 갔다. 드루어는 '트래블러스 레스트'까지 안내해 주는 사람에게는 멋진 총을 주겠다는 제안을 했다.

우리는 드루어 뒤에서 길을 재촉해 나아갔다. 너무 추워 손가락, 발가락, 얼굴이 모두 얼어 버렸다. 처음부터 어려움이 잇따랐다. 한 사람이 다리 정맥을 베였다. 루이스 대장이 애를 썼지만 피가 좀처럼 멎지 않았다. 또 다른 사람은 헝그리 시내를 건널 때 말과 함께 넘어져 자기의 하나뿐인 담요를 잃어버렸다.

풀 한 줌 먹지 못한 채 사흘이 지나자 말들은 굶주림에 지쳐 갔다. 나는 오리나무 껍질을 벗겨 말에게 먹였다. 말들은 서로 다른 말의 꼬리를 씹어 먹었다. 우리가 네 페르세 마을에 도착했을 때에는 꼬리가 다 없어지고 마디만 남았다.

우리는 마을에서 안내할 사람을 찾았다. '컷 노즈(Cut Nose, 자른 코)' 추장의 형제와 전사 두 명이 총 두 자루를 선물로 받는 조건으로 길을 안내하겠다고 했다. 클라크 대장은 잊고 있었던 푸른 구슬 몇 개를 찾아 그들한테서 연어를 샀다.

우리는 혹독한 추위 속에서도 바로 출발했다. 이틀 뒤에는 가던 길에 묻어 두었던 물건이 있는 곳에 이르러 그것들을 파냈다.

먹을 것이 거의 없었다. 말이 먹을 것은 전혀 없었다. 안내인들은 우리를 우뚝 솟은 험한 바위로 데려갔다. 그 곳엔 네 페르세족들이 돌 둔덕을 쌓고 장대를 세워 놓았다. 그 곳은 그들에겐 신성한 곳이었다. 안내인들은 조금만 더 가면 굶주린 말에게 먹일 것을 찾을 수 있을 거라 했다.

안내인들의 말은 옳았다. 다음 날 광활한 풀밭이 보였다. 우리가 눈밭을 벗어난 다음 날이었다. 그 다음에는 황홀한 광경이 나타났다. 우리보다 앞서 갔던 사냥꾼들이 사슴을 잡았다. 고기를 길옆에 두고 우리와 함께 먹으려고 기다리고 있었다.

우리는 플랫헤드 마을 근처에서 야영을 했다. 그 날 밤, 우리가 그 날 처음으로 밥을 먹을 때 루이스 대장이 말했다.

"겨울에 클라크 대장과 나는 '미주리 폭포'로 가는 지름길을 찾기로 했어. 우리는 둘로 나뉘어 갈 거야. 내 일행은 헬게이트와 블랙푸트 쪽으로 해서 폭포로 갈 거야. 그 다음 '모든 이를 꾸짖는 강'을 탐사하고 북쪽 지역에서 그 강으로 흘러드는 강이 있는지 찾아볼 거야."

루이스 대장은 진지한 표정을 지었다. 그리고 자기와 함께 갈 사람들의 이름을 말했다.

"이건 매우 중요한 일이야. 우리가 여행하는 이유 중 하나는 그런 강을 찾는 거야. 만일 정말 있다면 우리는 빠르고 확실하게 캐나다 털가죽을 미주리 강을 거쳐 시장까지 가져갈 수 있어."

루이스 대장은 천천히 계속 말을 이었다.

"클라크 대장님은 지난 가을에 배를 남겨 두었던 비버헤드 쪽으로 가실 거야. 거기서 배를 타고 폭포가 있는 곳으로 가시지. 그 동안 나는 남은 짐을 싣고 육로로 폭포까지 가는 거야."

이야기는 오래 계속되었지만, 나는 클라크 대장과 함께 간다는 말을 듣고 나서, 더는 관심이 없었다. 나는 러닝 디어와 오빠와 모든 소손 사람들을 생각했다. 우리는 그들이 여름마다 머무는 곳에 가까이 있었다. 하지만 지금은 보이지 않는 저 먼 곳에서 들소를 사냥하고 있을 것이다. 그들을 다시는 보지 못할 것이다. 또 플랫헤드 마을에서 샤르보노가 선택한 샤르보노의 새 아내를 생각했다.

그 날 밤 샤르보노에게 말했다.

"당신의 플랫헤드 여자가 있는 곳에 가까이 왔어요. 내일 우리는 클라크 대장과 함께 다른 길로 가요. 며칠 그 여자를 만나러 다녀오지 않을래요?"

나는 샤르보노가 그 여자를 찾아가서 어찌어찌하다가 플랫헤드 마을에 머물기로 결심하기를 간절히 바랐다. 샤르보노는 클랫숍 요새를 떠난 뒤로 노를 저어 생긴 물집, 안장에 쓸린 상처, 기침 등 자신의 건강 문제를 날마다 불평했다. 또 만단 요새까지 가야 하는 그 먼 길도, 자기가 얼마나 클라크 대장을 싫어하는지도 말하지 않은 적이 없었다.

"지금 가시는 게 좋아요. 뒤로 미루지 마세요."

샤르보노는 투덜거렸다.

"아! 내가 잊고 있었구먼. 나쁜 남편이야, 그렇지?"

"깜빡했을 뿐이죠."

나는 문제를 일으키고 싶지 않았다.

"나는 지금 그 여자에게 가야 한다. 어떻게 생각해, 소손?"

"지금 가세요. 당신 아내가 아기를 낳았을지도 몰라요."

"물론이지. 아기가 둘이라, 응? 샤르보노는 위대한 사람이야, 그렇지 않나?"

하지만 아침이 되자 샤르보노는 플랫헤드 아내를 잊어버렸다. 우리는 이틀이 지나서야 그 여자 얘기를 다시 꺼냈다. 샤르보노는 아침을 먹다가 일어나 수염을 닦았다. 모두 잠들어 있었다. 샤르보노가 작은 소리로 조용히 말했다.

"나는 이제 간다. 너도 같이 간다. 서둘러. 아기 입을 꼭 다물게 해. 너도 조용히 하고 말이야."

"혼자 가세요. 플랫헤드 마을은 멀어요. 그리고 돌아오려면 클라크 대장은 오륙 일쯤 우리를 앞서 있을 거예요. 우리는 길을 몰라요. 그를 따라잡지 못할 거예요. 우리는 길을 잃을 거예요."

"뭐라! 클라크 대장, 클라크 대장, 그는 네 남편이 아냐. 잊었어? 얼간아!"

나는 불 옆에 무릎을 꿇고 흙으로 덮어 불을 껐다. 더는 아무 말도 하지 않았다. 말들은 밤에 도둑맞지 않도록 천막 가까이에 꽉 묶어 놓았다. 샤르보노가 말 두 필을 풀었다. 샤르보노는 내 옆에서 잠자는 미코를 안아 요람에 올려놓았다.

나는 여전히 불 옆에 쪼그리고 앉아 있었다. 내가 움직이지 않자, 샤르보노는 나를 휙 잡아당겼다.

"서둘러, 샤르보노는 아무도 보지 않기를 바란다. 아무도 상관할 일이 아니지, 응?"

미코가 울기 시작했다. 나는 울음을 멈추게 하지 않았다. 요람을 등에 메고, 시간을 끌며 말에 올라타지 않았다. 나는 샤르보노와 좀 떨어져 불 옆을 천천히 걷다가 천막으로 달려갔다. 얼마 못 가 샤르보노에게 잡혔다. 샤르보노는 내 등에 있던 요람을 잡고 억지로 잡아챘다.

샤르보노가 내 목을 한 손으로 잡고 말했다.

"조용히 해. 그러지 않으면 샤르보노가 조용하게 만든다. 아주 조용하도록 말이야."

나는 간신히 목을 빼며 말했다.

"난 아기에게 젖을 먹여야 해요, 젖을 먹지 않으면 죽어요."

"샤르보노가 장 바티스트가 먹을 좋은 음식을 찾을 거다. 들소, 사슴, 영양, 언제나 좋은 음식을 줄 거다."

샤르보노는 내 목을 쥔 손에 힘을 주었다.

"자, 자, 오란 말이야, 소손 년아."

우리 말소리에 새들이 잠을 깼다. 야영장에서는 아무런 소리도 나지 않았다. 단지 클라크 대장 천막에서 촛불 하나만 타고 있었다.

"자, 소손, 올 거지?"

"알겠어요."

나는 어렵게 숨을 쉬며 간신히 대답했다.

샤르보노는 내가 말안장에 올라타도록 돕고 나서 자기 말을 탔다. 우리는 야영장을 조용히 빠져나와 며칠 동안 왔던 길로 들어섰다. 멀리 오자, 샤르보노는 내게 요람과 아기를 맡겼다. 샤르보노는 말을 걷어차 빨리 달리면서 나보고 따라오라 했다.

샤르보노를 따라가다 보니 시냇물이 나타났다. 눈이 녹아 물이 아주 많았고 빠르게 흐르고 있었다. 어릴 때부터 이런 곳을 잘 알고 있었다. 더 멀리 내려가면 넓은 웅덩이가 있을 것이다. 그런 곳에서 사촌 동생 러닝 디어와 목욕을 한 적이 있었다.

전에 시내를 건널 때 정말 힘든 일이 있었다. 어떤 남자가 물에 빠져 벤 요크가 구출하지 않았더라면 그 남자는 익사할 뻔했다.

샤르보노가 시내에서 가장 깊은 곳에 들어가서 타고 있는 말이 헤엄을 쳐야 할 때 나는 돌아섰다. 야영장으로 돌아가는 지름길을 알고 있었다. 그 길로 빠르게 말을 달렸다.

사람들은 잠에서 깨어 불을 피우고 있었다. 클라크 대장은 말탄 내 모습을 보고 깜짝 놀랐다. 그 동안 있었던 일을 이야기하자 몹시 화를 냈다. 클라크 대장은 샤르보노를 따라가서 데려오고 싶어했다. 요크도 그러기를 바랐다.

요크가 말했다.

"그 녀석이 걸어오게 만듭시다."

클라크 대장이 말했다.

"샤르보노는 여기로 오지 않을 거야. 늘 불평이 많았어."

"샤르보노는 아내를 만나보고 돌아올 거예요. 아내를 무척 걱정했어요."

나는 거짓말을 했다. 나는 또다시 샤르보노가 플랫헤드에서 그 여자와 함께 머물기를 간절히 바랐다.

닷새가 지난 뒤 샤르보노가 말을 타고 야영장으로 왔다. 우리는 옐로스톤 강에 있는 마을에서 쉬고 있었다. 그 마을 사람들은 클라크 대장이 낡은 옷에 있던 마지막 남은 리본과 은 단추를 주기 전에도 우리를 기쁘게 맞아 주었다.

마을 한쪽에는 전나무 숲이 있었다. 무성한 전나무 가지는 바싹 말라 있었다. 우리를 환영하고 여행 중 좋은 날씨를 기원하며 사람들이 전나무를 불태웠다. 나무에서 불길이 소용돌이치며 솟구쳐 올랐다.

이 날 밤, 샤르보노와 샤르보노의 플랫헤드 아내는 노예 둘을 데리고 말을 타고 마을에 왔다. 불빛에 비친 그 여자는 아름다웠다. 아침에 그 여자의 아침 식사를 준비할 때는 더욱 아름다워 보였다.

매우 추웠다. 바람이 눈 덮인 산머리에서 휘몰아쳐 내려왔고 주변은 흩날리는 눈으로 가득했다.

샤르보노의 플랫헤드 아내는 푸른 구슬과 작은 고슴도치 털로 장식한, 하얀 가죽신을 신고 있었다. 흰 담비 웃옷의 옷깃에는 검은 족제비 꼬리로 만든 장식이 달려 있었다.

아침 식사를 준비하는 불빛에 비친 그 여자 얼굴은 하트 모양이었다. 그 여자는 추장 딸이었고 추장 딸답게 보였다. 또 추장 딸답게 행동했다. 내가 애써 마련한 카마시아 뿌리를 여물기도 전에 너무 일찍 캤다며 먹으려 하지 않았다. 사슴고기는 심줄이 많다고 했다. 그 여자는 목소리가 예뻤다. 마치 고사리 위로 흐르는 물 소리처럼 들렸다.

샤르보노는 그 여자에게서 눈을 떼지 못한 채 자기 아버지가 얼마나 강력한 사람인지 좋알대는 소리를 듣고 있었다. 입을 크게 벌리고 듣고 있었다.

그 여자 말은 처음 보는 멋진 말이었는데, 누런 바탕에 오렌지색 점이 있었다. 안장은 갈색 비버 털로 장식했다. 그 날 밤 우리가 잠들어 있을 때, 그 여자는 비버 안장에 올라타 노예 두 명과 함께 가 버렸다.

나는 샤르보노에게 그 여자를 따라가 잡으라고 재촉했다.

"이건 법이에요. 미네타리, 블랙피트, 소손 법 모두 당신이 그 여자를 잡아올 수 있다고 해요. 당신이 원하면 그 여자를 죽일 수도 있어요."

샤르보노는 내가 질투한다고 생각했지만 나는 그렇지 않았다. 샤르보노는 중얼거리며 수염을 쥐어뜯었지만 두려워서 가지 못했다. 샤르보노가 "난 이 소손 여자가 더 좋아."라며 나를 두 팔로 감쌌다.

하지만 다음 날 우리가 '빅 홀 벨리'를 지날 때, 샤르보노가 화를 냈다. 내가 클라크 대장에게 아는 길을 이야기할 때마다 샤르보노는 아무도 보지 않을 때까지 기다렸다가 내 뺨을 때렸다.

클라크 대장은 지형을 잘 몰랐다. 대장에겐 모두 같아 보였다. 하지만 나는 길과 강물이 어떻게 나 있는지를 알고 있었다. 미루나무가 자라는 작은 섬에서부터 소손 숲길까지 모두 기억하고 있었다. 이제 곧 우리가 일 년 전에 카누를 숨겨 두었던 산 어귀에 도달할 것이라는 말을 했다.

다행히 내 말이 옳았다. 우리는 산 어귀에 도착해 강 아래 숨겨 두었던 카누를 찾았다. 남겨 두었던 식량도 다시 찾았다. 말린 고기와 과일은 아직도 먹을 만했다.

남자들이 가장 기뻐한 것은 씹는 담배였다. 그들은 '킨니킨

닉'이라는 말린 나뭇잎과 섞은 나무껍질을 몇 주 동안 씹고 있었다. 일 년 전에 숨겨 둔 또 다른 짐을 찾을 때까지 씹고 또 씹었다. 하지만 더는 찾을 수 없었다.

"이런 망할 것이 있나, 없어졌군."

배를 타고 내려가는 것은 거슬러 올라가는 것과 너무나 달랐다. 강을 거슬러 오를 땐, 밧줄로 배를 끌고 삿대로 밀며 물살을 거슬러 오르느라 사람들 손에 물집이 생기고 발에 가시가 박혀야 했다.

이제는 첫날에만도 156킬로미터를 갈 수 있었다. 셋째 날 우리는 '쓰리 폭스'에 도달하였다.

가장 뛰어난 말 도둑인 크로우족이 말을 훔쳐 갔다. 안개 낀 밤에 우리가 가진 말의 절반을 훔쳐 가 버렸다. 땅이 단단하고 자갈길이라 말발굽 자국을 남기지 않아 그들을 쫓아갈 수가 없었다.

다음 날에는 날파리들이 극성을 부려 연기를 피우고, 말에게도 진흙을 발라 주어야 했다. 야영장 주변에는 떨기나무가 많았지만 빨간 열매는 먹을 만하지 않았다.

그 다음 날은 사정이 좀 좋아졌다. 배나무가 무성한 들판에 들어섰다. 배들은 잘 익었다. 하지만 주변에 가시나무가 많았다. 사람들은 배가 고팠지만 가시를 보고 돌아섰다.

나는 전에 배를 많이 먹었다. 씨앗은 딱딱했지만 살은 부드러웠다. 그 맛을 음미하면 마치 향기로운 제비꽃 들판에서 꿈을 꾸는 듯한 느낌이었다.

쓰리 폭스에서 클라크 대장은 일행을 둘로 나누었다. 클라크 대장은 여덟 명과 샤르보노와 나, 그리고 아기를 데리고 말 떼를 몰아 동쪽으로 가서 옐로스톤 강 들머리에서 루이스 대장과 만나려 했다.

그 곳에 이르기 전에 클라크 대장은 강가에 있는 큰 바위에 자기 이름을 새겨 놓았다. 그리고는 아기를 들어올리고 그것을 가리켰다.

"봐라, 저게 바위에 새긴 내 이름이야. 그리고 바위를 '팜피 기둥'이라 이름 붙였어. 마음에 들어?"

아기는 이를 내보이며 웃었다. 클라크 대장은 미코가 소손 말을 하기 전부터 미국 말을 가르쳤다. 클라크 대장은 미코를 자기 아들로 생각했다. 내 눈에서 눈물이 흘렀다.

루이스 대장이 옐로스톤 강 들머리에 오지 않았다. 우리는 하루 종일 루이스 대장을 기다렸다. 하지만 모기와 각다귀들이 극성을 부려 클라크 대장은 미주리 강으로 이동하기로 했다. 그리고 우리가 있는 곳을 루이스 대장이 알 수 있도록 나무에 쪽지를 남겼다.

우리가 배를 타고 내려가는 곳엔 방울뱀이 들끓었다. 그놈들은 강에서 헤엄을 쳤지만 아무도 물지는 않았다.

모기들이 우리를 괴롭혔다. 말 주위를 맴돌며 하도 물어 대서 우리는 불을 피우고 연기 속에 말을 묶어 말들이 갑자기 달아나지 않게 했다. 오드웨이 중사의 눈이 부풀어올라 감긴 듯했다. 미코도 그랬다. 사냥꾼들이 사슴 한 마리를 잡았지만 너무 말라서 먹을 게 없었다. 사람들은 모기가 피를 다 빨아먹어 사슴 살이 남아 있지 않다고 했다.

이제 가장 시급한 문제는 루이스 대장을 찾는 것이었다. 우리는 반나절 동안 빠르게 물살을 가르며 거슬러 올라갔다. 정오에 총소리가 들렸다. 그 소리는 소손족이나 네 페르세족, 플랫헤드족 들이 쏘는 총소리보다 훨씬 더 컸다. 인디언들은 화약을 한 번씩만 사용했다.

루이스 대장 일행이 환호성을 지르며 옷을 흔들고 공기총을 쏘았지만 가져온 소식은 좋지 않았다. 그들은 멀리 북쪽까지 갔는데 블랙피트 무리를 만나 말들을 도둑맞고, 매복 공격으로 거의 죽을 뻔했다. 더 안 좋은 일은 '모든 이를 꾸짖는 강'이라는 마리아 강이 서스캐처원 강으로 흐르지 않는다는 것을 알게 된 것이었다. 서스캐처원 강은 먼 북쪽 지역에서 흘러 내려오는 강이었다.

게다가 루이스 대장은 총상을 입었다. 강을 타고 카누로 올라가 보니, 루이스 대장은 스캐논 옆에서 담요를 덮고 누워 있었다. 눈이 나쁜 피터 크루자가 사고를 쳤다. 루이스 대장과 함께 사냥을 나갔다가 사슴이나 다른 동물로 오인하여 뒤에서 총을 쏜 것이었다.

상처는 쉽게 낫지 않았다. 하지만 루이스 대장은 강철 같은 사람이었다. 밤이 되자 일어났고 우리는 모두 강을 따라 내려가기 시작했다.

우리는 이제 만단 요새에 가까이 왔다. 사람들은 옷을 깨끗이 빨았다. 하지만 웃옷에 달린 술 장식들은 모두 잘라 가죽신 끈을 만들어서 남아 있지 않았다. 총에는 기름을 칠했다. 루이스 대장은 대포와 공기총을 설치하여 요새가 보이자마자 발사할 준비를 했다.

27장

영원한 *소손족*

루이스 대장은 미네타리 마을을 보자마자 대포를 발사했다. 모든 사람들이 강가로 달려왔다. 블랙 모카신이 와서 우리를 환영해 주었으나, 나를 포옹하면서도 얼굴은 슬퍼 보였다. 얼마 전에 레드 호크가 블랙피트에게 살해되었다. 블랙 모카신은 아들의 죽음을 애도하며 미네타리와 소손의 풍습대로 손가락 하나를 잘랐다.

샤르보노의 아내 오터 우먼도 강가로 내려왔다. 오터 우먼은 요람에 아기를 싣고 있었다. 샤르보노는 아기를 보고 기뻐하다가 딸인 것을 알고는 실망했다. 샤르보노는 어깨를 웅크리고 돌아서 갔다.

루이스 대장이 대포를 세 방 더 쏘았다. 루이스 대장과 클라크 대장은 추장들과 평화의 담배를 피우며 함께 위대한 백인 추장을 만나러 가자고 초청했다. 그들도 그러고 싶어했으나 시욱스족을 두려워했다. 시욱스족이 멀지 않은 곳에서 호시탐탐 침략할 기회를 엿보고 있었다.

우리는 강 건너 마을에 자리를 잡았다. 그 날은 하루 종일 많은 방문객들을 맞이했다. 르 보네가 직접 우리를 찾아왔다. 카누에서 내린 르 보네는 강가에 서서 애꾸눈을 이리저리 굴리고 있었다. 르 보네는 나무처럼 키가 커 보였다.

비가 조금 왔지만 여전히 무더운 날이었다. 르 보네는 두꺼운 들소 가죽 옷을 걸치고, 여우 꼬리와 새 깃털로 머리 장식을 하고, 곰 발톱 목걸이를 하고 있었다.

벤 요크가 말했다.

"저 추장은 겨울옷을 입었어. 겨울 날씨처럼 쌀쌀한 환영을 하겠다는 뜻인가?"

샤르보노가 말했다.

"애꾸눈이 뽐내는 거야. 아무 뜻도 아니야. 언제나 크고, 못생기고, 뻐기고, 옷만 잘 차려 입는 추장이지."

클라크 대장이 말했다.

"충고하는데, 혼자만 생각하시오. 우리는 위험한 사람과 마주

하고 있소. 여행이 끝나는 판에 머리 가죽이 벗겨지고 싶지 않
아."

벤 요크가 말했다.

"끝나는 판이 아닙니다. 우리는 앞으로도 갈 길이 멀어요. 우
리는 아직 세인트루이스에 가지 못했어요."

나에게는 그것이 끝일지도 모른다. 그 생각을 하니 가슴이 내
려앉는 것 같았다. 하지만 클라크 대장이 데려가 줄 것이라는 희
망의 끈을 놓지 않았다. 대장은 내가 사랑한다는 것을 알고 있었
다. 내가 샤르보노를 증오한다는 것도 알고 있었다.

그 날 밤, 저녁을 먹은 뒤 클라크 대장은 샤르보노에게 제퍼
슨 대통령이 맡겨 둔 돈을 주었다. 그것은 500달러 지폐라고 클
라크 대장이 말했다.

샤르보노는 그 돈을 주머니에 넣고 르 보네와 핸드 게임을 하
러 갔다. 오터 우먼은 아기를 내게 맡기고 샤르보노를 따라갔다.

그들이 간 지 얼마 안 되어 클라크 대장이 천막으로 왔다. 대
장은 미코를 요람에서 꺼내 안아 무릎에 앉혔다. 우리는 천막 밖
으로 나와 불가에 앉았다.

잠시 클라크 대장은 아기와 놀았다. 대장은 아기에게만 말하
고 내게는 말하지 않았다. 하지만 대장이 내 생각을 하고 있다는
것을 느꼈다. 틀림없이 대장은 샤르보노가 오기 전에 내게 하고

싶은 말이 있었다.

나는 기다렸다. 여러 가지 소리가 들리는 밤이었다. 들새들이 서로를 부르고 있었다. 나무와 하늘도 그 소리로 가득 찼다. 클라크 대장과 내가 함께 여행해 온 강물도 소리를 내고 있었다. 나는 기다렸다.

얼마 뒤 대장은 미코를 요람에 다시 눕히고 내 옆으로 와 땅바닥에 앉았다. 불은 꺼져 가고 있었지만 남아 있는 불씨가 그 사람 얼굴을 비추었다.

"팜피가 빨리 자라는군. 몇 살이지? 적어도 열여덟 달은 됐지?"

"열아홉 달이에요."

"곧 배울 때가 될 거야. 난 팜피를 세인트루이스로 데려가 학교에 보내고 싶어. 내가 샤르보노에게 이야기했는데 샤르보노도 좋은 생각이라 하더군."

나는 혼란스러웠다.

"아직 어린 아기예요."

"하지만 미국 말을 배우기엔 어리지 않아. 난 이미 그에게 세 마디를 가르쳤어, '네', '아니오', 그리고 '아빠'. 그놈은 너를 닮았어. 빨리 배워. 네가 단 하루만에 하나에서 열까지 세는 것을 배운 걸 기억해?"

"기억해요."

나는 많은 것을 기억하고 있었다. 날짜, 일주일, 열두 달 모두를 기억하고 있었다. 우리가 함께한 모든 것을 기억하고 있었다.

"너도 학교에 갈 수 있어. 젊은 아가씨들이 다니는 학교야. 세인트루이스에는 젊은 아가씨들을 위한 좋은 학교가 하나 있어. 그리고 대통령이 사는 워싱턴에는 좋은 학교가 여럿 있지."

"학교에서 뭘 배워요?"

"바느질하기."

"난 지금 바느질할 수 있어요. 난 당신 옷 세 벌과 신발 다섯 켤레를 꿰맸어요. 그리고……."

"내 말은, 멋진 수공예라는 거야. 예를 들면 베개나 이불, 깔개와 속옷 같은 것 말이야."

"다른 어떤 것을 배우게 돼요?"

"아, 그래. 지금은 말로만 할 수 있는 것을 넌 모두 쓸 수 있게 돼."

"다른 것도 있어요?"

"많지. 넌 카누에서 강가로 단번에 뛰어내릴 수 있어. 넌 절벽을 오를 수 있어. 비록 네가 그렇게 하는 것을 보지는 못했지만 넌 사슴을 따라 뛸 수도 있어. 그러나 춤추는 것을 배우진 못했지. 아직 안 돼."

"당신이 가는 곳에서는 춤이 중요해요?"

"중요해. 미국 여자들은 춤을 좋아해. 그들은 멋진 옷을 입고 춤추고, 춤추고, 춤추지. 어떤 때는 밤새도록 춤을 춰."

"때로는 해가 솟을 때까지요?"

"자주 그래."

"만일 내가 아가씨들 학교에 가서 바느질을 배우고, 글을 쓰고, 옷을 잘 차려 입고 춤을 밤새도록 추면, 저는 숙녀가 되나요?"

마지막 남았던 불씨마저 재가 되었다. 하지만 샤르보노와 르보네가 핸드 게임을 하는 집 앞에선 불이 계속 타오르고 있었다. 불빛이 하늘을 밝히고 대장 얼굴에 깜빡거렸다. 클라크 대장은 당황하는 듯했다.

"그러면 저는 당신이 말하는 숙녀가 되나요?"

클라크 대장은 대답하지 않았다.

"그렇게 되길 원하세요?"

클라크 대장은 재를 바라보았다. 불편한 기색이었다.

"제가 학교에 가서 숙녀가 되길 바라세요?"

"안 그래, 난 너의 지금 그대로가 좋아, 제니."

벤 요크가 전에 말해 주었던 것이 갑자기 떠오른 것은 그 말의 내용이 아니라 그 말의 소리 때문이었다.

'만일, 만일 백인이 너와 결혼하면, 그는 인디언과 결혼한 남자가 되고, 사람들은 그를 멸시하지.'

나는 그 말을 결코 잊지 않았다. 그 순간에도 그 말을 생각하고 있었다.

잿빛 안개가 강 위에서 떠올랐다. 클라크 대장이 컬럼비아 강에서 니코키우족에게 사용했던 것과 같은 폭약 신관을 사용해서 불을 또 피웠다. 불길이 확 타올랐다. 매캐한 화약 냄새가 났다.

"아기에 대해선……, 물론 너도 같이 가는 거야. 아기는 네가 필요해. 함께 있어야 즐거울 것이고, 미코가 얼마나 많은 것을 배우는지 보면 자랑스러울 거야."

"지금도 자랑스러워요."

클라크 대장은 잠시 주저했다.

"그리고 너도 참 많은 것을 배우게 될 거야."

"저는 학교 다니기엔 나이가 너무 많아요."

"넌 아직 어려."

어리다고? 대장은 나를 그렇게 생각했나? 우리가 함께 지내오면서 내내 대장은 나를 어린아이로 생각했던 것이었다.

"아름다운 인디언 어린이."

"저는 인디언 여자예요, 클라크 대장님. 열아홉 달 된 아이의 엄마인 인디언 여인이란 말입니다."

클라크 대장은 날카로운 말투에 어깨를 으쓱하고는 긴 나무 토막 하나를 불에 넣었다. 나는 아무 말도 하지 않았다. 클라크 대장은 세인트루이스와 토마스 제퍼슨 대통령이 사는 워싱턴에 대해 이야기했다. 그리고 내가 학교를 다니고 나면 미국을 통치하는 위대한 백인 추장을 만나게 될 거라 했다. 나는 한쪽 귀로 들었다.

이야기를 하고 있는데, 집 안에서 비명이 들렸다. 샤르보노와 오터 우먼이 천막으로 돌아왔다.

오터 우먼은 샤르보노가 클라크 대장한테 받은 500달러를 르보네에게 모두 잃었다고 비난했다. 샤르보노는 오터 우먼이 내기하는데 이래라 저래라 잔소리했다고 비난했다.

그들은 클라크 대장이 자리를 뜬 뒤에도 계속 싸워서, 나는 미코를 안고 강으로 내려가 카누를 탔다.

나는 잠을 이루지 못했다. 클라크 대장을 생각했다. 내가 학교에 가서 많은 걸 배워 숙녀가 되기를 대장이 얼마나 바랄까 생각했다. 또 벤 요크가 내게 해 준 말을 생각했다. 나는 요크의 경고를 기억하고 있었다. 그리고 미코를 생각했다.

클라크 대장은 미코를 어딘가 넓은 곳으로 데려갈 것이다. 학교에 보내고 많은 것을 가르칠 것이다. 미코는 백인 아이처럼 말하는 것을 배울 것이다. 자라면서 얼굴에 털도 많이 날 것이다. 백인처럼 보일 것이고 백인처럼 행동하려 할 것이다. 하지만 결코 백인이 아니다. 미코는 소손족이다!

내가 미코에게 손수 가르쳐야겠다. 미코는 시냇가를 새벽부터 해 질 녘까지 하루 종일 달리는 것을 배울 것이다. 끓는 물에 손을 넣고 시원하다고 말할 것이다. 미코는 언제나 소손 사람인 것이다!

아침에 루이스 대장이 르 보네에게 말했다. 만일 르 보네가 평화를 유지하면 워싱턴에 있는 위대한 백인 추장이 보상을 할 거라고 이야기해 주었다. 루이스 대장이 우정의 표시로 귀중한 공기총을 주자 르 보네는 무척 기뻐하며 평화를 지키겠다고 했다.

루이스 대장은 내게도 놀라운 선물을 주었다. 그 날 밤 내가 음식을 준비할 물을 길어 오려고 강에 있을 때였다.

"사카가와."

루이스 대장은 결코 나를 '제니'라고는 부르지 않았다.

"너는 스캐논을 잘 보살펴 주었어. 음식이 부족할 때도 개에게 먹을 걸 주었지. 또 목숨을 구하기도 했어. 개는 나보다 너를 더 생각해. 원한다면, 젊은 아가씨, 그 개는 네가 가져."

"그러고 싶어요, 루이스 대장님. 지금 가져도 되나요?"

"물론."

스캐논은 먹을 것을 생각하며 집까지 나를 따라왔다. 오터 우먼이 서서 나무에 기대앉아 있는 샤르보노의 수염을 빗질해 주고 있었다.

"저 개는 뭐야?"

"루이스 대장님이 주셨어요."

"소손 여자야, 나도 선물을 주지. 개를 때려 줄 몽둥이 말이야. 저 개는 너무 많이 먹어."

오터 우먼이 스캐논을 돌아보았다.

"통통하게 살쪘군요. 잡아먹게 키우는 게 좋겠어요."

"좋은 생각이야, 오터 우먼."

나는 그 날 밤 스캐논과 함께 카누에서 잤다. 새벽이 오기 전에 미코를 등에 업고 큰 집으로 갔다. 페미칸 한 자루, 산딸기 빵 다섯 조각과 사슴고기 약간을 쌌다.

말몰이꾼이 말들을 끌고 강으로 내려갈 때, 나도 따라갔다. 나는 말몰이꾼이 아침을 먹고 잠들 때까지 기다렸다 말을 타고 마을 밖으로 달렸다. 스캐논이 따라왔다.

말을 타고 멀리서 카누에 짐을 싣고 떠날 준비하는 것을 보았다. 클라크 대장 모습도 언뜻 보였다. 대장은 강가에 서 있었다. 붉은 머리가 햇살에 반짝였다. 이제 작별 인사를 하기에는 너무 늦었다.

나는 두 손목을 가슴에 엇갈려 대고 눌렀다. 그것은 사랑의 표시였다.

우리 부족 사람들이 사는 곳에 이르는 지름길은 서쪽이었다. 그 길은 미주리 강과 옐로스톤 강을 지나는 것보다 세 배나 빠른 길이었다. 그 길은 침입자들이 러닝 디어와 나를 잡아갔던 길이었다. 러닝 디어는 그 길로 탈출하여 집으로 갔다.

반달이 떴다. 강을 따라 한참을 달리다 보니 달이 지고 나를 인도해 주는 별이 나무 사이에서 빛났다. 스캐논은 내 옆에서 달렸다.

아침에 우리는 해 뜨는 길 위에 있었다. 하늘은 푸르고 구름 한 점 없었다. 메뚜기들이 풀밭에서 노래 불렀다. 여름 들꽃들이 곳곳에 피어 있었다. 나는 꽃 한 송이를 따서 미코에게 주었다.

미코는 꽃 냄새를 맡으며 웃었다. 언젠가 미코가 어른이 되면, 저 들꽃들은 멀리 갔다가 우리를 즐겁게 해 주려고 다시 돌아온 어린아이들의 발자국이라고 말해 줄 것이다. 나는 미코에게 소손족 사람들이 알고 있는 많은 것들을 이야기해 줄 것이다.